双葉文庫

美人薄命

深水黎一郎

目次

美人薄命

第一章

全ての道は老婆に通ず

Omnes《オムネース》 viae《ウィーアエ》 *Robam*《ローバム》 ducunt《デュークント》.

「空がまだ明るいうちに、薪ば澤山《たくさん》割って母屋に運んでおかねといけねえべな」

「さうですね」

答へると同時に身體《からだ》が動いてゐた。子供が出來ない負ひ目を晴らすには、一生懸命働いて認めて貰ふしかないと思ってゐた。

頭上を見上げると、其處《そこ》には生まれて此《こ》の方一度も見た事のないやうな變《へん》な色の空が擴《ひろ》がってゐた。其《そ》の下を縫ふかのやうに、烈しい横毆《よこなぐ》りの風が吹いてゐて、樹々の梢《こずゑ》や細い枝が左右に烈しく搖れてゐた。巨大な颱風《たいふう》が近づいてゐるらしく、南から吹き附けて來る生あたたかい風の中には、何か禍々《まがまが》しい力が潜んでゐるかのやうだつた。

薪割り臺《だい》に丸太を立てて斧を振り下ろした。丸太が眞ん中から見事に二つに割れた。其の片方を再び臺の上に立てて、今度は四つに、そして八つにと次々割っていく。何度も其れを繰り返して、細い兩の腕《かひな》いつぱいに、持てるだけの薪を持って母屋の勝手口を潜ると、果たして一體《いったい》何時から其處にゐたのだらう、薄暗がりの中に、ほぐし織りの柄銘仙を着た姑がまるで彫像か何かのやうに佇んで、自分の一擧手一投足を凝《じ》っと見つめてゐた。

「おめえさんまさか、其れつぽっちで終はりにする積《つも》りんねべな。わがってんだが？　ひよつとすると今晩から三日間ぐらゐは、家から一歩も出らんねえかも知んねえんだぞ？」

「わかつてゐます。此れはまだ途中で……後で、殘りをまた割つて來ます」

「んだら善いげんと、おめえは誰か人が見てねえと、すぐに懈怠《さぼ》る惡い癖があつからなあ」

「………」

だが其れからの時間は、三人の子供たちが順番で泣き出し、カエは其の世話に忙殺された。いづれも先妻の子だ。特に一番下の子は癇の蟲《むし》が異樣《いやう》に強く、お襁褓《むつ》が濡れてゐるのが一瞬たりとも我慢出來ない。火が點《つ》いたやうにと云ふ言ひ方があるが、正にそんな感じである。其れなのにいざお襁褓を替へようとすると、兩足をばたばたさせて暴れるので、此れまで幾度汚物を顏に浴びたかわからない。勿論布のお襁褓は使ひ捨てなどではないので、赤ん坊の糞尿がしみ込んでゐるものを、片つ端から洗濯板で手洗ひして乾かして行かないと、到底間に合はない。ほんの鳥渡《ちよつと》でも生乾きのお襁褓をあてがふと、矢張り《やはり》氣持ちが惡いらしく、更に一段と大きな聲《こゑ》で泣き出すからだ。

皸《あかぎれ》ができた兩手で、大至急お襁褓の洗濯を濟ませたカエがもう一度薪割りに出たときには、あたりはもう暗くなりかけてゐた。仕事の順番を逆にした方が賢明だつたことは間違ひないが、赤ん坊の癇の蟲は待つてなど呉《く》れないし、極度の潔癖症でもある姑に、汚れたお襁褓が盥《たらひ》の中に置きつ放しになつてゐるのを萬が一見られたら、一體《いつたい》何を云はれるか判つたものではないから仕方がない。

秋の日が釣瓶落としで暮れようとしてゐる中、カエは大急ぎで再び薪割りをはじめた。

良人《をつと》と姑は熱いお湯たつぷりの風呂につかるのが好きなので、此の家は普段から薪の消費《せうひ》が他の家よりも早い。途中で鳥渡《ちよつと》でもぬるくなつた時に追ひ焚きが出來るやうに、彼らがお風呂に入つてゐる間、カエは夏は蚋《ぶよ》や蚊が、冬は北風と吹雪が襲つて來る中、常に焚き口の外で待機してゐる。そんなカエがお風呂を戴くのは一番最後、お湯がすつかりぬるくなつた後だ。北國なので、夏でも肌寒い日は圍爐裏端《ゐろりばた》に火を起こすこともあり、正直薪は幾らあつても足りない位だ。

二本三本と、順調に割つて行つた。今は亡き父親に小さい時分から、此れからの時代は、銃後を守るために女子《をなご》でも力仕事が出來なければ駄目だと云はれ續《つづ》けて育つたので、女にしては薪割りは得意な方だと自分でも思ふ。勿論本當《ほんたう》はお裁縫などの女の子らしい仕事の方が好きだし得意なのだが、小さい頃からよく手傳《てつだ》つてゐたので、薪割りのこつも大體《だいたい》わかつてゐる。棒立ちでは駄目だ。豫《あらかじ》め腰を少し沈めておいて、斧が薪に當《あ》たる瞬間に、腰をほんの少し伸ばすやうにするのだ。

其の父親は終戰まであと二週間と云ふところで、B29の空襲にやられて燒け死んだ。母親も一緒だつた。普段あまり會話のない夫婦だつた二人だが、炭のやうに黝《くろ》焦げに成り乍《なが》ら、手をしつかりと握り合つて死んでゐた。

そして戰爭はカエから、此の世で最も大切な人をも奪つてゐた。

四本目の丸太に斧を振り下ろした時のことだつた。手元が狂つて斧が丸太に對《たい》してほんの少し斜めに入つた。木目の流れに逆らふ形になつたため、手がじんじんと痺れ、斧が薪に刺さつた儘《まま》止まつてしまつてゐた。

かうなると、下手に斧を拔かうとしても拔けるものではない。寧ろ善いのは、中途まで割れてゐる薪ごと斧を振り上げて、其のまま勢ひよく臺《だい》に落として、薪を割つてしまふことだ。

カエは薪の刺さつた斧を頭上高く振り上げ、何も置かれてゐない薪割り臺《だい》目掛けて振り下ろした。薪がすうと眞つ二つに裂ける感觸《かんしよく》があつた。

「アッ」

須臾《しゆゆ》ののち、カエはそんな小さな叫び聲《ごゑ》を擧《あ》げ乍《なが》ら、右の目を押さへて其の場に蹲《うずくま》つてゐた。

どうやら割れた時に飛んだ木の破片が、右の目を直撃したらしかつた。まるで鋭い錐の尖《さき》で目の奥を一突きされたかのやうな、そんな痛みだつた。

蹲つた儘、手探りで虞《おそ》る虞る、閉ぢようとしても閉ぢられない右目に觸《ふ》れると、慥《たし》かに細くささくれた木片が目の中に刺さつてゐた。

「イタイ……」

しかし、いつまでも痛いだの痒いだのと言つてゐられるやうな状況ではなかつた。もうぢきすつかり日が暮れて、薪割りが出來なくなる。既に東の空にはどす黝《ぐろ》い雲が、眞冬の海の氷河のやうに犇《ひし》めきあひ乍《なが》ら押し寄せてゐた。あたりが完全に眞つ暗になつてしまふ前に、割つた薪を運んだり、家ぢゆうの雨戸を釘附けしたりしなければならない。三人の子供もいつまた泣き出すかわからない。カエは手探りで目から木片を引き抜いた。その瞬間もう一度目の奥が抉《えぐ》られるやうな痛みが走り、其れに續いてどろりと云ふ感觸《かんしよく》が、漸《やうや》く閉ぢる事のできた右目いつぱいに擴がつた。

カエは蹣跚《まんさん》とよろけ乍《なが》ら立ち上がると、尚《なほ》も暫く左目だけで目測をつけて薪を割り續けた。片目だと目測をつけるのが更に難しく、何度か薪割り臺を直接叩いて手が痺れたり、自分の足をうつかり傷つけさうになつた場面もあつたが、何とか姑に嫌味を云はれないだらう程度の量は割り終へた。其の間右の目の奥は相變《あひか》はらずズキズキと、息をする度に激痛が走つてゐたが、唯一殘つた左目をしつかりと開けて腰を曲げ、地面に散らばつた薪を拾ひ集めると、其れを兩の腕《かひな》いつぱいに抱へて歩き出した。

良人《をつと》に女の影がある事を、カエは薄々感づいてゐる。と云ふか別段本人に隱す氣がなささうなのだから、氣づくのも當然《たうぜん》のことだ。だが創業百五十年にも成る呉服屋の後繼ぎとして、苦勞知らずで育つたボンボンの良人に、多少の我儘は許してあげなければと思つて我慢してゐる。

五十治《いそぢ》さんさへ生きてゐれば——正直な話今日まで、何度さう思つたかはわからない。赤い紙切れ一枚で南の島に行かされて、骨すら歸《かへ》つて來なかつた人——心の中では其の人のことを今でも忘れられずにゐる事は、良人《をつと》も姑も勿論知らない。

「ミツは働き者だつたねえ」

一番耐へられないのは、何かにつけて先妻と比べられる事だ。子供を立て續けに三人產んで、三人目の時の產褥《さんじよく》熱でさつさと死んでしまつた其の先妻が、本當《ほんたう》に働き者だつたのかどうかなど、カエには無論知る由もないし其の術《すべ》もないが、ただ一つ確實《かくじつ》だと思ふことは、そのミツさんも、生きてゐる間は、此の人に一度たりとも褒められた事などなかつただらうと云ふことだ。此の人がミツさんを褒めるのは、其の本人がもう此の世にゐないからなのだ。いま生きて自分の目の前にゐる人を傷つけるためだけに、死んだ人を褒める人——残念乍《なが》ら此の人はさう云ふ人だ。若《も》しもいづれ自分が死んで、良人が三人目の嫁を貰ふやうなことがあつたなら、姑はただただ新妻を精神的に萎縮させるためだけに、過去二人の妻がどんなに良くできた妻だつたかを、飽きる事なく蜿蜒《ゑんえん》と語り續ける事だらう。屹度《きつと》妾《わたし》は、生前一度も云はれた事のない〈良妻賢母〉とやらに、祭り上げられる事だらう——。

自分の子供が出來ないカエにとつて、其れが精神的な負ひ目に成つてゐるのは慥《たし》かなことだが、若しも自分の子供が出來てしまふと、先妻の三人の子と自分の子を、同じやうに育てる事が出來るかどうか、正直言つて自信がない。自分の子供だけに愛情を注ぐと云ふ意味ではなく、寧ろその反對だ。事あるごとに、自分の子供だけに辛く當《あ》たつてしまひさうで恐いのだ。其れも自分だけが嚴しく接するならばまだ救ひがあるかも知れないが、さうなれば上の子供たちも自分の眞似をして末つ子をいぢめるだらうし、其の時あの良人《をつと》や姑が、末の子供を庇つて吳れるとは到底思へない。其の事を思ふと、果たしてこんな状況で此の家に生まれて來ることが幸せなのかどうか、カエには判らなくなつて來る。辛い事許《ばか》りの人生ならば、いつそのこと生まれて來ない方が幸せなのではないか——罰當《あ》たりな考へなのかも知れないが、そんな風にも思へてしまふのだ。だから今は自分の子供が欲しい氣持ちが四割で、此の儘出來なくても構はないと思ふ氣持ちの方が六割くらゐだ。
或いは其れが正に、良人《をつと》を愛してゐない證據《しようこ》かも知れないと思ふこともある。何故なら若し假《かり》に五十治さんの子供だつたなら、たとへ產む事と引き換へに自分の命が奪はれるやうな事に成らうとも、いや其れどころか死んだ後も未來永劫に地獄の責め苦を受け續ける事になると神樣から告げられようとも、其れでも絶對《ぜつたい》に產み度《た》いと思ふに違ひないからだ。五十治さんは小さい頃に親同士が決めた許婚《いひなづけ》で、太い眉と廣《ひろ》い胸、がつしりした顎に怒り肩が特徴の、男らしい人だつた。五十治さんと初めて會《あ》つたのは、カエが六歳の時だつた。五十治さんは一つ上の學年で、二人は同じ尋常小學校に通つてゐた。

　そして其の日以來カエは、この人生に於《お》て、五十治さんの妻になる事以外の望みは抱いた事すら無い。抑《そもそ》も初戀《はつこひ》の相手に娶《めと》られると云ふ倖せを實現《じつげん》できる女が、此の世の中に一體《いつたい》何人いると云ふのだらう。そんなまるで夢のやうな幸運を、心の中で毎日のやうに神樣に感謝し乍らカエは、日々キナ臭さを增していく社會の片隅で、穩やかな少女時代を過ごしたものだつた。

勿論許婚と云っても、人様《ひとさま》に後ろ指をさされるやうな過ちは、一度たりとも無い。結局五十治さんとは、一度だけ手を握り、其の廣《ひろ》い胸に一度だけ顔を埋《うづ》めたことがあるだけだったが、その時のたった一度の感觸が、カエにとっては一生の寶物《たからもの》だった……。

1

公民館の入り口は、最近では珍しい引き手式のガラス戸だった。その桟《さん》は塗装がはげてぼろぼろで、買ったばかりのライダースーツに身を包み、オフロード用のヘルメットを小脇に抱えていた総司《そうじ》は、そこに手をかけるのをしばし躊躇《ためら》った。

突然すべてが面倒臭くなり、一瞬このまま踵《きびす》を返して帰ってしまおうかとまで考えた。しかしさすがにそれは、後で自己嫌悪に陥ることになるのが確実だと思い直し、意を決して引き戸をがらがらと開けながら言った。

「おはようございます」

すると中で忙しく動いていたエプロン姿の女性たちが、手を動かし続けながら一斉に顔を上げた。

その中をかき分けるようにして、赤いフレームの眼鏡をかけて、やはりエプロンをした一人の小柄な女性が、小走りに駆け寄って来た。代表の杉村《すぎむら》さんだ。

「よかったわ。急に来られないなんてことになったら、どうしようかと思っていたの」

この人のことを総司は心の中でひそかに女史と呼んでいるのだが、その杉村女史が、振り返って仲間たちに大声で告げた。

「みなさあん、今日から配達を手伝ってくれる礒田《いそだ》クンよぉ」

その言葉を聞くと、今度は女性たちは全員手を止めた。

自己紹介するように言われ、総司はちょっと緊張しながらも、とりあえずいつもの決まった口上を述べた。

「どうもはじめまして。礒田総司と言います。イソは石へんに義理の義、ダは田んぼの田、ソウは総理とか総裁と言う時の総で、ジは司《つかさど》るです。要するに美男剣士として超有名なあの新撰組《しんせんぐみ》の沖田総司《おきたそうじ》と、漢字でたった一文字だけの違いです。ただ名前は似ているんですが、ルックスの方が似ているかどうかに関しては、まるっきり自信がありません」

女性ばかりの厨房は、たちまち笑いに包まれた。

小さい頃は、どうせその年の大河ドラマか何かの影響なのだろう、幕末の志士にかぶれて息子にそんな名前をつけた両親を激しく恨んだものだが、今ではひそかに感謝をしている。新しいクラス、新しいサークル、新しいバイト先、合コン、いつどこへ行こうとも、自己紹介をしながら、自分の名前を摑みのギャグとして使うことができるのは、正直かなりありがたいからだ。一発で名前を憶えてもらえるし、さらに自分自身を笑いの対象にするように話を持って行っているから、笑いを取りながらもその場の全員に好印象を与えることが可能である。そろそろ就職活動をはじめなくてはならないのだが、いずれ会社回りをする時には、面接試験のたびに、やはりこの名前をたっぷり活用させてもらう心算《つもり》だ。

厨房の隅の丸椅子に座って地図を貰い、改めて説明を受ける。来るのがちょっと早すぎたらしく、運ぶべき肝腎の弁当が、まだ全部は出来上がっていないという。

そこで出来上がるまで、杉村女史に連れられて厨房を見学することになった。自分がこれから運ぶものをどうやって作っているのか、見ておいた方がいいでしょと言われたのだ。

女性たちが煮物、焼き物、付け合せ、盛り付けなどの班にそれぞれ分かれて、忙しそうに働いている。総司は弁当が出来上がって行く過程を興味深く観察するような素振りをしながら、もっぱらそれらを作っている女性たちの方に視線を注いだ。

だが期待も空しく彼女たちの大部分は、総司の目からすると、とりあえず生物学的に分類した場合には、いちおう〈雌〉のカテゴリーに入るのだろうな、という程度の存在にすぎなかった。

何だよ〈若い女性〉なんて、どこにもいやしないじゃないか。騙されたな——。

まあ仕方がない。元々それが目的なわけじゃない。まあほんの少しでも期待した俺の方が馬鹿だったということだ——などと自嘲気味に考えながらあたりを見回していた総司だが、次の瞬間、古ぼけた厨房の隅で盛り付けをしている一人の女性の姿を目に留めて、思わずその目を瞬《しばたた》いた。

まさか、ひょっとしてあれは——さ、さお？

「それじゃあ第一便お願いしまーす」

石のように固まっていた総司は、女史に声をかけられて衝《は》っと我に返った。

愛車であるヤマハのブロンコ、２２５ｃｃ、余計な飾りは一切ついてないが、そのシンプルさが逆に気に入っている。本当はドラッグスター２５０や、スクーター扱いになるがマジェスティあたりが欲しかったのだが、母親が長いパッセンジャー・シートや威嚇的なカウリングを見て、こりゃあ暴走族みたいでだめだよこれならお金出さないよと言うので諦めたのだ。今ではこれにして良かったと思っている。黄色い燃料タンクがダサくて塗り直させようと思っていたのだが、実はそれも駐車場で、遠くからでも一発で見分けられるという予想外の利点があることに最近気がついた。

飲食店などが二輪の後ろに出前の岡持ちを載せて運ぶ道具——正式名称は何と言うのだろう——が用意されていた。公民館の備品だという。荷台の下に支えの鉄板を通し、ボルトを締めると、祭りの提灯をぶら下げる把手のような仕掛けが荷台に固定される。その把手のフックの部分に岡持ちの金具を架けて吊り下げると、スプリングの部分が上下左右自由自在に動いて、バイクをどれだけ横に傾けても、フックに吊り下げられた岡持ちは、常に地面と平行に保たれる。なるほどこういう仕組みになっているのかと、総司は素直に感心した。最初に考えたのが誰なのかは知らないが、なかなか偉大な発明だ。

輪ゴムで止めた透明なプラスティックのフタを通して、これから自分が運ぶ弁当の中身が見えた。見るからに薄味そうな野菜の煮物に、菜の花のゴマ和え、そして黒豆――何だか精進料理みたいだと思う。ちなみに総司の今日の朝食は、昨日の晩ご飯の残りの鶏の唐揚げと酢豚を、電子レンジでチンしたものだった。

弁当には割り箸の類《たぐい》は一切ついていない。環境保護ということだろうか。

駐車場では大島《おおしま》という名前の初老の民生委員が、金歯を光らせながらいやあ助かるよと言い、優に三ヶ月以上は洗車していなそうな埃まみれの軽自動車の荷台に、自分の分担と思われる弁当を積み込んでいた。

改めて地図を見て、頭の中でコースを考える。思ったよりも回りやすそうなので安心したが、街から少し外れたところにぽつりと一軒だけあるのが、どうにも邪魔くさい。この一軒さえなければ、一筆書きでうまいこと回れそうなのに。何とか理由をつけて、この家に運ぶのをやめてしまうことはできないのだろうか、などと考えながらブロンコのフェンダーを軽く撫でて、シートに跨がって足をフットレストに載せた。

もっとも実際のところは、それほど機敏に動いたわけではない。総司はむしろそれら一連の動作を、普段の倍近い時間をかけて、ゆっくりゆっくりと行っていた。その間に彼女が出てきて自分に声をかけてくれることを、ひそかに期待していたからだ。

だがその期待も空しく、いつまで待っても彼女は現れる気配がない。

ちょっと失望したが、すぐに生来の楽天的な性格を活かして考え直した。まあそれも当然と言えば当然だよな。そんなに上手くいったら逆におかしいし。それにそもそも向こうは、俺のことを覚えているかどうかも怪しいわけだし。

　要するにあれだな、再会《ここ》までは神様がお膳立てしてくれたが、この先は俺が自分で道を切り拓かなくちゃダメということだな——。

　それじゃあそのためにも、面倒なことはさっさと終わらせるしかあるまい——気持ちを切り替えてヘルメットを被り、フェイスプレートを下げたその瞬間、総司は女性の手とおぼしきやわらかい感触を、ライダースーツの背中にはっきりと感じた。

　キターと、インターネットの巨大掲示板で厭《あ》きるほど見慣れた顔文字が頭の中でぐるぐる回り、思わず緩みかけた顔の筋肉を引き締めながらフェイスプレートを上げ、しかしあまり喜び勇んでとは思われないように、わざと多少緩慢な動作で振り向くと、あにはからんや、そこに立っていたのは鶴だった。

　いやもちろん本物の鶴ではない。がりがりに痩せた中年女性なのだが、引き締まっているというよりは貧相にこけているその頬が、どうしようもなく鶴を連想させるのである。その鶴が妙に馴れ馴れしく、総司の背中をポンポンと叩いて来る。

「ねえ、さっきは言い忘れましたけど、配食時には必ず声をかけてくださいね。そして緊急の際にはただちに私たちに連絡するようにして下さい」

「この前も言ったから、もうある程度はわかってらっしゃると思うけど、独り暮らしのお年寄りに対して、同情するような言葉は絶対に禁物ですからね。独りで大変ですねとか、淋しくないですかとか、そういう類のことは、絶対に言っちゃだめですよ」

「はい、わかりました」

「しっかりお願いしますよ。お年寄りのみなさんは、このお弁当を何日も前から楽しみに待っているんですからね」

――へ？　それほどのものか？　ただの弁当だろ？

「はい。頑張って運びます」

内心とは裏腹に、あくまでも好青年を装って殊勝な顔で頷く。

「本当に一人で大丈夫？　やっぱり今日だけは、大島さんと一緒に車で回ってみる？」

「いえ、大丈夫だと思います。大島さんも忙しそうですし、それにそれじゃあオレが来た意味がないですし」

「本当に大丈夫？」

しつこい。俺はたかが弁当を運ぶのも、一人ではできないガキに見られているのかと思うと不快になり、総司は最後の言葉には返事もせずに、ブロンコのスロットルグリップを勢いよく回した。

そのまま加速しながら単車の尻を右に大きく振ったのは、総司の発車する時のいつもの癖だったが、それに加えてこの鬱陶《うっとう》しい鶴に、少し多目に排気ガスを浴びせてやれと思ったからだった。

2

最初の家を捜すのはちょっと苦労したが、二、三軒配達するうちに地図の見方にも慣れ、配達が速くなった。

今日が給食の日だとわかっているからか、鍵をかけずに待っている老人が多いのは助かった。耳が遠い老人の場合など、玄関の呼び鈴がなかなか聞こえず、ひどいときは鍵を開けてもらうまで、呼び鈴を十分近くも鳴らし続ける必要があると脅かされていたからだ。

こんにちは、ひまわり給食サービスです――教えられた通りの口上を述べながらドアを開けると、座蒲団の上に婆さんや爺さんが、まるで何年も前からそこにいたかのような恰好で座っている。その隣では痩せた猫が丸まっていたり、警戒するように畳に爪を立てて踏ん張っていたりする。

弁当を手渡しながら、とりあえず言われた通り、声だけはかけるようにした。

「最近身体の調子はどうですか?」

「いやあ、いつも通り腰や膝が痛いねえ」

おいおい、いつも通りって、俺は初対面だぜ――。

「このところ暑かったり寒かったり、気温の変化がはげしいからねえ」

そうかな。普通だと思うけどな――。

「年寄りには、気温の変化が一番こたえるよ」

よく聞く台詞だけど、仕方がないじゃん、日本には四季があんだから。それが嫌だったら熱帯のジャングルとか、針葉樹林気候のタイガとか、一年中夏や一年中冬の土地とかに移住すればいいじゃん。

「全く、年は取りたくないもんだねえ」

「あ、それじゃ俺、次の配達があるんで。どうぞごゆっくり」

こうしてそそくさと老人たちの部屋を後にする。これ以上長くいても、何を話せばいいのか見当もつかない。お年寄りたちは、何日も前から楽しみに待っている――そんな鶴の言葉をちらりと憶い出した。

だがなかなかドアが開かなかったある家では、やっと開けてもらった末に偏屈そうな爺さんに問い詰められて、大いに閉口した。

「あんた、誰じゃ」

「はあ……。給食サービスですけど……」

「給食サービス？　わしはそんなもの、頼んでおらんぞ」

「え？　でも、エモトさん、ですよね？　配達の地図には載っていますよ？」

手に持っている地図を見せるが、老人は不審気な顔で黙ったまま、総司の上から下までをじろじろ眺めている。

だがその老人も、総司が岡持ちから弁当を取り出すのを見ると、思い出したように顔をほころばせた。

「おお、そうじゃった、そうじゃった！」

そのあまりの豹変ぶりに、総司は逆に憮然とした。さてはこの爺さん、俺のライダースーツや髪の毛の色を見て、弁当詐欺みたいなものを想像しやがったな。全く、人を見かけで判断しやがって。黒い髪をポマードで七三に固めて、タキシードに蝶ネクタイを締めて弁当運べば信用するんかい！

また別の家では、呼び鈴を押しても一向に返事がないので、思い切ってドアに手をかけてみたところ、あっさり開いたままでは良かったが、同時に部屋の中央に置かれたエアマットの上で、小柄な爺さんが死んだように横たわっているのが見えた。おい爺さん大丈夫かよと思いながら急いでコンバースを脱いで部屋に上がり込み、こんにちはひまわり給食サービスですと耳元で怒鳴ると、爺さんはびっくりしたような顔で目を覚まし、手に握っていたリモコンのボタンを押した。するとエアマットの上半分が膨らんで、ヤカンのように見事に禿げ上がった爺さんが、まるで自動人形のように起き上がって来た。

「おお、来た来た」

起き上がった爺さんが、弁当を受け取るといきなり礼も言わずにその場でガツガツ食べはじめるので総司は面食らった。おいおい爺さん、そんなに腹が減っていたのか？ かと思うときちんと正座して、床に額をこすりつけるようなお辞儀をするお婆さんもいた。

「いつも本当にありがとうね……」

上品そうなお婆さんにそんな風に深々とお辞儀された時には、さすがに背中がこそばゆい気分になった。おいおいちょっと待ってくれよ。だから俺はただ運んだだけだって。お礼は公民館の厨房で、朝から立ち詰《づ》めでこの弁当作っているあの人たちに言ってくれよ……。

どの家に上がっても、一番最初に目につくのは仏壇だ。いろんな形の仏壇がある。光沢が美しい黒檀の仏壇、漆で仕上げた上に金箔を張った高級仏壇、電子レンジくらいの大きさの簡素な卓上仏壇——何だか途中から、仏壇のショールーム巡りでもしているような気分になった。ただ形や大きさはどうあれ、独居老人たちにとってそれらの仏壇は単なるインテリアではなく、れっきとした生活のパートナーなのだということがよくわかる。そこには正月用の小型の鏡餅の残りや蜜柑、林檎などが供えられていることが多いが、故人が甘党だったのか、中には羊羹だけを何本も供えた仏壇や、ヘビースモーカーだったのか、煙草の箱だけが何カートンも積まれているものもあった。

そしてその中に飾られた遺影は、一枚だけとは限らない。部屋の主と年の頃のあまり変わらない遺影は、先立った配偶者のものなのだろうが、中にはまだ年端も行かない小さな子供の写真が一緒に飾られているところもあって、さすがの総司も胸の奥がちょっと塞がれるような気持ちになった。

エレベーターのない木造アパートの三階に住んでいる老人もいて、数十軒ともなると、運ぶだけでも結構大変だ。駐車場で金歯を光らせながら重労働だよと言った民生委員の言葉も憶い出した。

弁当には手描きのカードが添えられている。ある家では、過去のカードなのか、いびつな形のドラえもんやジバニャンが描かれたカードが、何枚も食器棚の中にきれいに並べられているのが、ガラス越しに見えた。

弁当に割り箸がついていない理由はやがてわかった。もちろん資源保護という理由もあるのだろうが、それだけではない。どうやら老人たちの多くは割り箸がうまく使えないらしいのだ。だから彼らは柄にゴム管や滑り止めのついたスプーンや、ばらばらにならないように上部がバネで固定してあるプラスティック製の箸とか、めいめい自分が使いやすいものを、卓袱台《ちゃぶだい》やテーブルの上に用意して待っているのだった。

「朝から楽しみにして待っていたのに、遅かったなあ」

ある家でドアを開けると、小太りの爺さんにいきなり嫌味を言われたりもした。慌てて腕時計を見たがまだ十二時半にもなっていないので総司は内心憮然とした。朝から待っていたって全くこの爺さん、いい歳して他にやることないのかよ。いや逆か。いい歳だからこそ、他にやることがないのか——。

だが黙って弁当だけ渡して立ち去ろうとすると、今度はその小太り爺さんがサンダルをつっかけて、なあ聞いてくれよと言いながら目の前に回り込んで来た。一体何事かと思いながら足を止めると、爺さんは玄関先で立ったまま、いきなり息子の嫁の悪口を言い始めた。あれはひどい女でな、遊びに来てくださいと口では言うくせに、行くと本当に来やがってという顔を露骨にするんじゃ。おまけにその日の食事は、おかずの盛りがわしだけあからさまに悪い。さらにわしがトイレに行くと、これみよがしにその後、消臭剤をシューシューかけていやがる。一緒に住もうと息子は言ってくれているが、わしは絶対に行く気はないんじゃ。行ったらあの女に、いびり殺されてしまうのがオチじゃからな——。

「悪いけど俺、まだ配達が残っているから」

それだけ言うと、総司は小太り爺さんの横を小走りにすり抜けて外に出た。話の内容もさることながら、もっと閉口したのはその爺さんの口の臭さだった。まるで何年も歯を磨いていないかのような臭いだった。

爺さん、あんたの息子のお嫁さんは、充分に優しい人だと思うよ。もしも俺がその人の立場だったら、消臭剤のノズルの先を、あんたの口の中にも突っ込んでるよ――。

3

ゼミの教授があんなに厳しい人だとは知らなかったな――それが総司の大学生活最大の誤算だった。

社会学部人間科学科の総司は、三年次のゼミの学期末レポートで、老人福祉問題を取り上げた。福祉には特に興味はないのだが、これからの日本は一段と高齢化が進むとテレビで毎日のように言っているし、手っ取り早く問題提起ができそうだから選んだのだ。人間科学科というところは、現実に即した文系のテーマであれば、ほぼ何を取り上げても良いことになっている。これは学期末の進級用のレポートであるが、ちょうど一年後の卒論の、中間報告のような意味も含んでいる。

だが、新聞やネット上の記事をコピー&ペーストして作ったような総司のレポートを読んだ指導教授は、春休み直前のある日研究室に総司を呼び出して、人間科学科の基本であるフィールドワークがなっていない、こんなお粗末な学期末レポートでは、卒論のテーマとして登録を認めることはおろか、その前に四年生に進級させるわけには行かないと冷酷に告げたのだった。

それは困る。入学時に一浪している総司は、ここで留年すると二浪と同じ扱いになってしまい、就職戦線でかなり不利になってしまう。法学部や経済学部に比べると、ただでさえ就職に不利な社会学部ということを考え合わせると、このご時世にここで留年することは、今後の人生設計そのものに、甚大なる悪影響を与えかねなかった。

そこで手相と指紋がなくなるほど揉み手をし、永久機関の本の中に載っていたおもちゃの水飲み鳥のようにエンドレスに頭を下げ続けた結果、何とか春休み明けまでに、書き直したレポートを再提出することを条件に、選考進級という扱いにしてもらったのである。

要するに仮進級であり、レポートの再提出を怠れば、また提出はしたとしてもその内容が以前とあまり変わっていなければ、たちまち進級が取り消されてしまうことは言うまでもない——。


——


次のアパートは近かった。路肩にブロンコを停め、キーを抜き、フックから外した岡持ちを持って階段を登る。

何度か呼んだが返事がないので、玄関のノブに手をかけてみた。

すると鍵は開いていた。だが部屋の中には誰もいる気配がない。

無用心だなあと思いながらそのまま玄関先に弁当だけ置いて立ち去ろうとした瞬間、総司は恟《ぎょ》っとしてその場に立ち竦んだ。

冷蔵庫の蔭から、羊が出て来たのだ——。

いやもちろん本物の羊ではない。まばらな白い髪とやせ衰えた手足、腰を曲げて冷蔵庫の把手につかまりながら、分厚い眼鏡の下の少し充血した目でこちらを覗っている皺だらけの顔などが、メリノ種か何かの羊を思わせたのだ。全身がガリガリに痩せているが、特に顎から首にかけては肉がまったくなく、老人斑のある皮だけが、咽喉《のど》のあたりから辛うじてぶら下がっている。

羊の老婆は壁や流しの縁に手をついて、ゆっくりゆっくりと伝い歩きをしながら奥へと向かった。そうしなければ歩くのも難しいようだった。

おいおい婆さん、どこ行くんだよ！　いきなり徘徊かよ！　弁当はこっちだよ、こっち！——総司がそう訝っていると、老婆は奥の部屋の仏壇の前に置いてあった空の容器を手に取り、また伝い歩きでゆっくりと戻って来て、それを総司に向かって差し出した。

「こ、これ、この前の容れ物」

恐らく重度の中風なのだろう、その両手はひっきりなしに細かくぶるぶると震えている。

一方、差し出された容器の方は、まるで腹を空かせた犬が一晩じゅう舐めていたかのように、ピカピカに光っている。

総司は手の中のその容れ物を、引っくり返しながらしげしげと眺めた。杉村女史や鶴からは何も聞かされていないが、ひょっとしてこの家だけは、何か特殊な容器を使う決まりになっているのだろうか？

だがどこをどう見てもそれは薄いぺらぺらの、フタだけが透明で本体は臙脂《えんじ》色をした、他の家で配ったものと全く同じプラスティック容器である。コンビニやスーパーの弁当売り場でもよく使われているやつだ。

「これって、使い捨てだと思いますけど……」

総司は困惑しながら答えた。

「き、きれいに洗ったから、使える使える」

羊の老婆は曲がった腰を懸命に伸ばし、総司が胸の前で曖昧に持っている容器に、分厚い眼鏡の奥の目を近づけながら何度も繰り返した。

「だ、大丈夫。な、何度も洗ったから、き、きれいじゃ」

確かにこれ以上洗ったら穴が開くだろうというくらいきれいに洗ってあるものの、フタには折り目の筋も入っているし、もう一度使えるとは思えない。

「ですからこれは、洗わないで捨てちゃっていいんですよ」

「大丈夫。きれいじゃきれいじゃ」

どうやら老婆は耳も遠いらしい。なおも「きれいじゃきれいじゃ」と繰り返しながら、またもや伝い歩きでよちよち奥へと戻ると、今度は細い両足を踏ん張って押入れの前に立ち、片手で腰を押さえながら、よいしょという掛け声と同時にもう一方の手で襖を開けた。するとそこには、何十枚いや何百枚だろうか、デパートの古い包装紙が、きちんと畳まれて積み重なっていた。

老婆はその山の一番上の一枚を手に取って戻って来ると、鶏の骨に渋紙を二枚貼り合わせたような手で、例の空容器を丁寧に包みはじめた。

その骨と皮だけの手の動きを見ているうちに総司は、そう言えば小さい頃は自分の家にも、こんな風に折り目を伸ばしてきちんと畳んだ包装紙がたくさんあったなあと憶い出していた。子供心に貧乏くさいなあと思って文句を言ったことがある。すると母親は少し怒ったような表情で、あたしが小さかった頃はこういう包装紙で、学校の教科書や買ってもらった本なんかにカバーをつけたりしたもんだよと、もっと貧乏臭いことを言ったものだ。もちろんその母親も最近は、どんな綺麗な包装紙だろうとも、その場でビリビリと破ってゴミ箱に捨ててしまうのだが……。

きっとこの老婆は、繁華街に買い物に行くことすら、もうままならないのだろう。そして都心のデパートの包み紙の一枚一枚が、今では大切な思い出の品なのだろう――。

老婆は最後に、棒のように細い手首に二重に巻いていた輪ゴムを外すと、それで包装紙を留めた。肌に弾力がないからだろう、手首には輪ゴムの痕が痛々しいほどくっきりと残っていた。

それ以上何も言えなくなってしまった総司は、結局折り目のいっぱい入った銀座松屋《まつや》の包装紙に包まれた空容器を手に持って、その家を後にした。

一度公民館に戻り、第二陣の弁当を岡持ちに詰めて再出発した総司だが、その最初の家で、また別の形で閉口することになった。今度の家は名称はアパートだが、建った当時は間違いなくこの界隈で一番目立つ建物だっただろうと思われる白亜の瀟洒《しょうしゃ》なマンションで、エレベーターで三階に上がり、東南向きの部屋をノックして、返事を聞いてから木目調のドアをおずおずと開けたところ、いきなり目に飛び込んできたのは、十二畳ぐらいの広い部屋の真ん中に鎮座まします大きな神棚だった。最初は他の家と同じように仏壇が置かれていると思ったのだが、よく見ると白木だったので、神棚だとわかった。天井に届こうというほど高いその天板からは、白い幣《ぬさ》がいくつも垂れ下がっている。

そしてその前の分厚い紫色の座蒲団には、ぼさぼさ頭の大柄な老婆が、やはり紫色をした袈裟のような着物を着て座っていた。

総司としてはこのまま玄関先で弁当だけ手渡して立ち去りたかったのだが、大柄な婆さんは、紫色の座蒲団の上から全く動こうとしない。総司は仕方なくコンバースを脱いで部屋へと上がった。在宅なさっているときは必ず手渡ししてくださいねと鶴に言われたことを憶い出したからだ。

「あんた、新顔やね」

老婆は片手でぞんざいに弁当を受け取ると、それをそのまま神棚脇の小卓に載せて、総司の顔をじろじろ眺めながら言った。

「あ……はい。今日がはじめての配達です」

「では特別にオンカメ様にお祈りしてあげるから、そこに座りなされ」

「え、何ですか?」

「まさかあんさん、オンカメ様を知らんのか?」

「オンカメ?」

「ほれ、そこに座りなされ。お祈りの後で、わしが幾つかオンカメ様の有難いお言葉を教えてしんぜよう」

そう言いながら婆さんは、紫色の袈裟の袖から太い腕を出して、総司の腕をぐい、ぐいらと掴んだ。

「いや、僕はそういうのはちょっと……」

振りほどこうとしたが、大柄な婆さんは結構力も強い。何を言うておるか。このわしがお祈りしてやるなんて、特別なんじゃぞ。そう言いながら、自分の向いの座蒲団の上に総司を座らせようとする。目の前の神棚にはよくわからない文字の書かれたお札や、水瓶のような大小さまざまな置き物が置かれている。よく見ると婆さんの座っている座蒲団にも、同じ謎の文字の繡《ぬ》い取りがある。神棚の上の水瓶には、水なのか酒なのか、無色透明な液体が入っている。

「で、でも僕、まだ配達が残っているし……」

「いいから座りなされ。わしはあんさんのためを思って言っとるんじゃ。あんさんはバイクに乗っとるんじゃろ？　わしのお祈りを受けずにここを出て行くと、オンカメ様の怒りに触れて、ダンプカーに正面衝突するかも知れんぞよ」

そう言うと大柄な婆さんは、童話に出てくる悪い魔法使いのような顔のまま、夏の甲子園のアルプススタンドで、次の一球に祈りを捧げるチアガールの女子高生のように、顔の前で両手を組み合わせた。その姿と形のあまりのギャップに総司が言葉を失っていると、老婆は組み合わせた両手の人指し指だけを立てて合わせ、身体を前後に揺らしながら、何やら祝詞《のりと》のような文句をぶつぶつと唱えはじめた。唱えているうちに身体全体の動きがだんだん大きくなって、灰色のぼさぼさ頭が前後左右に激しく揺れる。

それを見ているうちに、さすがに気味が悪くなって来た。そこで意を決し、今度は何も言わずに立ち上がると、それに気付いてお祈りを中断した老婆の呪詛の言葉にも耳を傾けず、玄関前に置きっ放しになっていた岡持ちを摑んで、コンバースの踵を潰してつっかけると、急いで部屋を出てエレベーター・ホールまで走った。

下りのエレベーターを呼ぶボタンを押して、ようやく一息つく。

一体何なんだよ、あの婆さん――。

紫色の袈裟を着た大柄な老婆が、ごま塩のぼさぼさ頭を振り乱しながら、謎の呪文のような言葉を唱えているあの異様な光景が頭から離れない。それを脳裏から何とか追い出したくて、何の効果もないとわかっているのに頭を左右に振りながら、その場で屈んで、潰していたコンバースの踵を戻してきちんと履き直す。

「おんかめさま――」

背筋を薄い刃物で撫でられるような戦慄を感じて振り返ると、何と件《くだん》の老婆が、サンダル履きですぐ真後ろに迫っていた。着物の裾をはだけ、肉の垂れたぶよぶよの白い太腿を露《あらわ》にしつつ、憤怒の形相で総司の肩に手をかけて来る。

ここ数年来、感じたことのない恐怖に囚われた総司は、老婆のかさかさに乾いた大きな手を振り切ると、咄嗟の判断でエレベーターはあきらめ、横にあった非常階段を、三段飛ばしで脱兎の如く駆け下りた。

総司が階下に着いたところで、階段の上から老婆が叫ぶ野太い声が耳に届いた。

「それはそうと、次回から、ごはんにゴマをふっておいてくれんか！」

4

畜生！　はらわたが煮えくり返るとは正にこのことだ。狭い路地の中で、ブロンコをゆっくり転がしながら総司は毒づいた。理由はさておき、こっちは無料奉仕なんだ。別段感謝されたいなどとは、これっぽっちも思っていないが、お祈りを受けないとダンプに轢《ひ》かれるだの何だのと、あそこまで縁起の悪いことを言われる筋合いは全くない。こんなのもう本当は、ガンジーでも助走をつけて全力で殴るレベルじゃないのか？

そもそもどうしてあんな婆さんに、無料で弁当を運んであげなきゃいけないんだ？　あんな高級そうなマンションにたった一人で住んで、しかもあんな宗教に入れあげる余裕があるくらいなんだから、実はあの婆さん、相当なお金持ちなんじゃないのか？

いやあるいはあの人自身が教祖で、怪しげな教えとお祈りで、信者たちからがっぽりとお布施を巻き上げているんじゃないのか？　一体どういう基準になっているんだ？　独り暮らしの老人だったら誰でも給食を受けられるシステムになっているんだったら、そいつはちょっとおかしいぞ——。

大通りに出て愛車を再発進させるときに、タイヤをわざとバーンナウトさせた。白い煙が濛濛《もうもう》とあがった。だが苛立ちは収まらない。それからしばらくは仏頂面のまま配達を続けた。ほとんど口を利かず、弁当を渡すだけで出た部屋もあった。

気がつくと岡持ちの中の弁当は、最後の一つになっていた。

地図で確認すると、残っているのは街から一軒だけ外れたところにある例のアパートだった。ここだけは最初か最後にしないと、ルート的に無駄が多くなってしまうので、最後に回したことを憶い出した。

とりあえずこれで最後だと気を取り直し、渋滞している車の間をすり抜けながらも慎重にブロンコを飛ばした。やがて段々と人家が疎《まば》らになり、うらぶれた雰囲気になって来たが、そこからさらに五分以上バイクを飛ばしたところで、潰れた町工場や仕舞屋《しもた》が立ち並ぶ殺風景な景色の中に、ようやく目指す木造アパートが現れた。

建物全体が濃口の醤油で煮しめたような色をしている。一体築何十年なのだろう。ブロンコを停めて階段を登ったが、埃だらけの外階段は、一段登るたびにギシギシと嫌な音を立てた。さらに横から風が吹くだけで階段全体が揺れる。大丈夫なのか、この階段？　総司は不安になった。そもそもこの建物、自治体だか消防庁だかわからないが、とにかくしかるべき当局から、危険建造物の指定か何かを受けているんじゃないのか？

その階段を何とか登り切ると外廊下に出た。外廊下にはいちおう屋根がついていたが、狭い上に住民たちが勝手に出しているのだろう、洗濯機やら三輪車やら傘やら古新聞の束などが雑然と置いてあって、歩きにくいことこの上ない。

その廊下を一番奥まで歩き、表札で名前を確かめてから、合板製の薄いドアをノックした。

だが返事はない。

もう一度ノックしてみたが、やはり返事がないので、思い切ってドアのノブに手をかけてみた。

するとドアは簡単に開いて、見事に何もない部屋が目に飛び込んで来た。簞笥が一つに卓袱台が一つ。しかもその簞笥の塗りは、ぼろぼろに剝げている。それに旧式の小さいテレビ。ひょっとしてこの部屋の住民はもう引っ越して、今はここには誰も住んでいないのではないかと一瞬思ったほどである。

だがよく見ると、その見事に何もない部屋の端の方に、皺くちゃな顔の老婆が一人、くたびれた割烹着を着て座っているのだった。ノックの音がよく聞こえなかったのだろう、少し不意を衝《つ》かれたような表情でこちらを振り返っている。

ところがその老婆は、まるで総司の姿が見えなかったかのように、無言のまま壁の方を向いた。

おいおい、俺の存在ガン無視かよ！　憤慨しながら岡持ちの底から最後の弁当を取り出し、玄関に足を踏み入れた総司は、改めてこちらに向き直った老婆の顔を見て愕《おどろ》いた。

皺くちゃの梅干しのようだった老婆の顔の長さが、さっきの約一・五倍に伸びていた。

別に手品でも何でもない。老婆があわてて入れ歯を嵌めたのだった。

老婆はその口に手を当てて、ケラケラと笑った。

総司も思わずつられて笑ったが、やがてその笑いは引いて行った。しげしげと見ているうちに、老婆の右の眼球が真っ白なことに気がついたからだ。明らかに何も見えていない。さらにその右目の上の眉の真ん中あたりから、目の下2センチくらいのところにかけて、まるで小刀のようなもので、眼球ごと切り裂かれたかのような創痕《きずあと》が走っている。若い頃のものらしく、創痕の色は薄くなってはいたが、総司は小さい頃にドラマで見た、丹下左《たんげさ》膳《ぜん》の潰れた片目を憶い出した。

しかし当の老婆本人はそんな総司の様子を気にする素振りもなく、どっこいしょと言いながら立ち上がると、まるで卒業式で卒業証書をもらう小学生のように、両手を伸ばしてお弁当を受け取った。腰がほぼ直角に曲がっているので、手を伸ばすとプールに飛び込む寸前の競泳選手のような恰好になる。オンカメ様のマンションで階段を三段飛ばしで駆け下りた時の衝撃で、透明なフタ越しにおかずの煮物や和え物がぐちゃぐちゃに乱れているのが見えて何だか申し訳ない気分になったが、老婆は全く気にしていない様子で、そのまま人懐っこそうな笑顔を浮かべながら言った。

「一緒に大福餅を食わねえが」

その言葉には明らかに東北のものと思われる訛りがあった。

「大福なんか食っていたら、弁当さめちゃうぜ、ばあちゃん」

父親の実家が秋田で、小さいころ夏休みに何度か遊びに行ったことがあるので、総司も何となくならば東北弁が理解できる。

「ゆっくり食うから、いいんだず」

「だけど俺、まだ配達が残ってるし……」

もちろん嘘だが、こう言えばあきらめるだろうと思って言った。

だが老婆はあきらめなかった。

「まんずだまさっだと思って、お茶一杯だけでも飲んでけず」

「でも……」

他の家だったら、あくまでも断っていたことだろう。だが隻眼の老婆の笑顔は、無下に断るのを悪いと思わせるような雰囲気に満ちていた。それにここが最後の家だという安堵感が、総司の気持ちを和らげていた。総司がほとんどクッションの役目を果たさないぺしゃんこの座蒲団の上に胡坐をかくと、婆さんはほぼ直角の腰で奥の台所へと向かった。

だがそれからが一苦労だった。総司が座っている位置から台所の一部が見て取れるのだが、老婆はヤカン一つかけるのにも、ガス台すれすれまで顔を近づけなければならないようなのだ。どうやら唯一見えているらしい左目の方の視力も、相当悪いらしい。

ヤカンをガス台に載せて、つまみを捻ればとりあえずお湯は沸く。だがそこから先がまた大変だった。グラグラと煮え立つヤカンを手に持ち、急須にやはり思い切り顔を近づけてお湯を注ぐのだが、その手が何とも危なっかしいので、見ている総司はハラハラせずにはいられなかった。おいおい、ヤカンか急須のどっちかがひっくり返ったら、大火傷だぞ——。

そのヤカンがまた年代物で、底は焦げて真っ黒だし、口の部分にも水垢がべっとりとくっついて、赤茶けた色に変わっている。不燃ゴミの日に早起きして町内を回れば、これよりマシなヤカンの二個や三個は、たちどころに見つけることができるのではないかと思われる。

それでも老婆はところどころ剝げた朱塗りのお盆の上に、茶葉とお湯の入った急須と、伏せた空の湯呑み茶碗を二個載せて、よちよち歩きで何とか戻ってきた。細かく震える手で、それらを卓袱台の上に置き、自分はその前の薄い煎餅座蒲団に座る。

とりあえずここまで来たらあとは、少し待ってから急須の中のお茶を湯呑み茶碗に注ぐだけであるが、目が悪いせいでそれも簡単には行かない。最初の茶碗にはほんの少ししかお茶を入れず、次の茶碗では熱いお茶がなみなみと溢れるまで気が付かず、茶碗に添えていた左手を慌てて引っ込めるという有様だ。

どうやらこの半盲目の老婆にとっては、来客のためにお茶を淹《い》れることも、山をも動かすような大事業らしいのだ。やはり断固として帰るべきだったなと後悔しながら、総司は神妙な気分で目の前のお茶を見つめた。どこからか草大福も出てきたが、甘党の総司としては迷惑ではない。

湯呑み茶碗を手に取る。だがよく見るとその内側にはやはり茶渋がいっぱいこびりついている。洗っても取れないのか、それともそれすら見えていないのか。総司は茶碗になるべく直接口をつけないようにして茶を一口啜った。

熱い。ほとんど熱湯に近い。確かお茶は熱湯で淹れるとあまり美味しくないんじゃなかったっけ？　そう、確か玉露なんかは、五〇度くらいで淹れるのが一番美味しいのだと聞いたことがある。もちろんこの家で使っているのは、そんな高級茶葉ではないだろうが、それにしてももう少しお湯を冷ましてから淹れるべきだろう。果たしてこの老婆はそんなことも知らないのだろうか。何十年と生きてきて――。

そう言えば、この人は何歳なのだろう。そう思った総司は、遠慮せずにズバリ訊いてみることにした。

「お婆ちゃん、いまいくつ？」

火傷した指先を、卓袱台の上に置いてあった濡れた布巾で冷やしながら老婆は答えた。

「はちじゅうよんだ」

「ふうーん」

総司からすると途轍《とてつ》もない数字である。自分の約四倍だ。八十四年も人間をやっているなんて、一体どういう感じがするものなのだろう。蓬髪《ほうはつ》の下にある顔はやはり皺くちゃだが、鼻筋は通っていて、横顔にはどことなく気品のようなものが感じられる。

再びお茶を飲む。熱いので、飲むというよりはむしろ啜るという感じだ。

改めて部屋の中を見回す。最初の印象通り、本当に何もない部屋である。卓袱台の端に置いてある、緑内障用の目薬の紡錘形が、部屋の中で一番スタイリッシュなものだと言っていい。

今まで訪問した老人たちの部屋とは、どこか違って感じられる。何かが決定的に欠けているような気がするのである。もの自体があまりないわけだが、もっと大事な、根本的な何かが――。

ふと見ると、老婆もまた熱そうにお茶を啜っている。

だが次の瞬間老婆が、絞り出すように言った。

「お前さん……」

見えない筈の右の目を、凝《じ》っと総司に向けている。

「何？」

だが老婆はすぐに何かに気が付いたかのように首を横に振った。

「い、いんや、何でもねえ」

そう言うと、まるで何かを誤魔化すかのように、卓袱台の下から茶色の袱紗《ふくさ》を取り出した。開けると中には刻み煙草の紙袋とキセルが入っている。小刻みに震える手で刻み煙草の葉をキセルの火皿に詰めると、徳用の大きなマッチ箱からマッチを出して火を点けた。そのキセルは相当長い年月使い込んであるらしく、やはり塗りの表面がところどころ剝げ、火皿のところにはびっしりとヤニがこびりついている。

何だ喫煙OKなのかと安心した総司は、自分のライダースーツの胸ポケットからラッキーストライクを出し、使い捨てのライターで火を点けた。片手で煙草を挟み、もう片方の手でお茶と大福を交互にいただく。

ひょっとすると煙草を吸いながら大福を食べるのは、生まれて初めてのことかも知れない。口の中で味が混じり合って奇妙な感じがする。

「あんさんはいくつや」

老婆が煙を吐き出しながら言う。

「俺？　俺は二十二歳だよ。この前誕生日が来て、二十二になったばかり」

「よかおのこじゃの」

「よかおのこ？　ああ、いい男ってことか……」

「さぞかし、若いおなごにもてるじゃろ」

「おなご？　ああ、女の子ね。いやあ、全然ダメだよ。今までつきあった娘《こ》がいないわけじゃないけど、最近はもうずっとフリー」

総司は苦笑しながら紫煙を吐き出した。

「最近の若い男は女っぽいのが多いが、あんさんは男らしい顔をしとる」

「それって褒め言葉?」

「もちろんそうじゃ」

「ふうーん……」

訝りながらも総司は、自分が空いている左手で頭を掻きかけているのに気がついて、もう一度苦笑した。こんな皺くちゃで半盲目の婆ちゃんにちょっと褒められたくらいで良い気になりかけているんだから、俺ってやっぱりお調子者なんだろうな。そもそも俺の顔がちゃんと見えているのかどうかすら怪しいのに——そんなことを思いながら、大福の残りをつまんで口に入れた。

「んだよ。わしがあと二つくらい若かったら、ほっとかねえかもよ」

「んぐぶっ」

大福が喉に詰まった。激しく咳き込むと右手に持っていた煙草の灰が、胡坐をかいていた膝の上に落ちた。なおも咳き込み続けながら、背中を丸めて、新品のライダースーツに焦げ目がつかないように慌てて灰を払う。

「どうした、喉さ詰またが。んだらお茶飲め、お茶」

言われた通り目の前のお茶をがぶりと呑んだ。だが忘れていたのだがこれがほとんど熱湯。

「あちゃ、あちゃ、あちゃ」

再び激しく噎《む》せながら、ゴリラのように自分で自分の胸を何度も叩き、何とか落ち着いてから総司は叫んだ。

「か、勘弁してくれよ、ばあちゃん！　た、たとえ二歳若くたって、は、八十二じゃねえか！　か、変わらねえよ！」

「ほだなごどね。二歳違えば、お肌のツヤとかお化粧のノリとか、だいぶ違う」

総司は老婆の顔をまじまじと見つめた。冗談だべ、とでも言いながら笑い出すかと思ったが、あにはからんや思い切り真顔である。

「ち、違ってもいいから、ほっといてくれよな」

「んだがした」

婆さんはそう言ってキセルを銜《くわ》えると、次の瞬間口と鼻から、再び白い煙を悠然と吐き出した。

ふう……。何とか呼吸を整え、湯呑み茶碗の底にわずかに残ったお茶を飲み干すと、総司はゆっくりと立ち上がった。まさか最後の家で逝きかけるとは思わなかったが、そろそろ退散することにしよう。あまり戻るのが遅れると、彼女が帰ってしまうかも知れない。

「じゃあごちそうさんな、弁当食うの忘れるなよ、ばあちゃん」

「心配すんな。ほっだな楽しいこと、忘れるわけねえべ」

総司は玄関を出がけに振り返り、薄い合板製のドアの上の表札をもう一度眺めた。そこにはまるで子供の手習いのような拙い字で、内海《うつみ》カエと記されてあった。

何はともあれ、これで本日の奉仕活動は全て終了である。公民館へ意気揚々と愛車を飛ばし、蛇腹の仕掛けを外して、岡持ちと共に手に持って中へ入る。

だが厨房の女性たちは帰ってしまうどころか、まだやっと後片付けに取り掛かったところだった。彼女たちは惣菜を多めに作り、弁当を詰めて余ったおかずで全員で一緒にお昼を食べ、一頻《ひとしき》りお喋りに花を咲かせてから、ゆっくりと後片付けに取り掛かるらしいのである。

なあんだ。これだったらあの婆ちゃんのところを、慌てて去らなくても良かったんだな。今ごろあのお婆ちゃんは、よく見えない目で弁当食ってるのかな――そんなことを思いながら、総司は目を皿のようにして、どこかにいる筈の彼女の姿を捜し求めた。関係ないことを考えているのは、きっと脳が目の前にある大問題を考えるのを嫌がって、先送りにしているために違いなかった。目前にある大問題とは、もちろん何と言って彼女に話しかけるのかということだ。

そして総司の目は、流し場で洗い物をしている女性たちの中にその姿を再び見つけた。

そして確信した。右目の下のキュートな泣きぼくろ。やっぱり間違いないよ、あれは沙《さ》織《おり》ちゃんだ。

それにしても綺麗になったなあ。いや昔から美少女だったけど。しかも大人びた中にも小さい頃のあどけない可愛さも未だ留めているから、もう無敵《チート》じゃないかよ。

もちろん大学には年頃の娘たちがたくさんいるが、そのほとんどが、親のスネかじりのくせにブランド品ばかり身につけてチャラチャラしている馬鹿か、異様に化粧の濃いオミズ予備軍のような馬鹿か、またはその両方を兼ね備えた超馬鹿のどれかだ。もう少し偏差値の高い大学に入っていたら、女の子のレベルもきっと高かったんだろうなあと、受験勉強を真面目にやらなかった自らの高校時代を何度後悔したことだろう。

それに比べて沙織ちゃんの、あの化粧っ気のまるでない横顔の美しさはどうだ。掃きだめに鶴とは正にこのことだ。おまけにあの純白のエプロンの、胸元を盛り上げているその下の膨らみ具合はどうだ——。

沙織ちゃんいま何してるんだろ。沙織ちゃんは頭も良かったから、きっと俺なんかよりずっと良い大学に行っているんだろうなあ。それ考えると凹むなあ。それにしてもその沙織ちゃんが、一体どうしてこんな薄暗い公民館の隅で、老人向けの惣菜なんか作ったりしているんだろ。

「どうもお疲れさま」

後ろから杉村女史に声をかけられて、総司は我に返った。下心フル装備の自分の気持ちを見透かされたような気がして一瞬どきりとしたが、何食わぬ顔を装って振り返る。

「あ、ど、どうも」

「どうだった？　やってみると、結構気持ち良いものでしょう？」

「ええ、そ、そうですね」

確かに、世のため人のためになることをしたという実感はある。気に食わない爺さん婆さんが何人かいたものの、それ以外の老人たちは、みな大概感じが良かった。

「そうなのよねえ。誰かのために何かをするって、自分のためにする時の、何倍も気持ちが良いものなのよねぇ」

「そうですね……」

しかしそんな風に押し付けがましく言われると、なんだか少し反撥《はんぱつ》したい気分にもなって来る。

誰もがやることだろうが、コンビニやバイク便のアルバイトを一日終えると、今日これでいくら稼いだかを考える。そしてその時にもやはり、労働を終えたという爽快感はあるのだ。その時の爽快感といまの爽快感がどう違うのか、正直言ってあまりよくわからない。こちらは無料奉仕なのだから、アルバイトの時の何倍も気持ち良くなくては割に合わないような気もするのだが、残念ながらそこまでの実感はない。

「それに、結構みなさん元気なのにびっくりしました」

「そうなのよ。独り暮らしってのは、意外と元気なものなのよねー。自殺したりするお年寄りは、ほとんどが家族と同居している場合なの。独り暮らしの場合はまず自殺はしないの」

「ど、どうしてですかね」

突然出た禍々しい言葉の響きにたじろぎながら総司は答えた。

「独りの淋しさとかは確かに辛いものだけど、それより近親者に厭味を言われるとかの方が何倍もこたえるのよ、人間は」

「はあ、なるほど」

「とにかく助かったわ。いつも配達の人だけお昼が遅くなるんだけど、今日はみんなで一緒にお昼を食べられて嬉しかったわ。後片付けも、今日はかなり早く終えられそう」

「はあ、そうですか」

総司は生返事を返した。

「あなたは本当に食べないの？」

「いや俺はいいです。家出る前にガッツリ食べたんで」

「それで次回は十五日なんだけど、大丈夫かしら？」

「ええ、多分大丈夫だと思います」

口は快活にそう答えたが、内心では正直少し迷っていた。

うーん、どうしようかな。はっきり言って微妙だな——。

「この前言った通り、ウチは月に二回、毎月一日と十五日というスケジュールなのね。曜日が一定しないというのが難なんだけど……」

「今は春休み中ですから何とかなると思いますけど、四月になって大学の授業がはじまってしまったら、曜日によっては卒論指導のゼミと重なってしまうことがあると思うので、そのときはダメな日も出てくるかも知れません」

そこで先々のことまで考えて、咄嗟にウソをついた。ゼミに重なることはもちろん本当に起こり得るのだが、実際はそんな時も、ゼミよりもフィールドワークの方を優先させて構わないことになっている。四年のゼミはどうせ他人の卒論の中間発表を聞いているだけで、年に二回の発表さえこなせば、自動的に単位はもらえるのだ。

だが残り一年ちょっとになった気ままな学生生活、ゼミにはフィールドワークと言い、こちらにはゼミと言って、悪友たちと競馬場や雀荘に入り浸って過ごすのも悪くない――そう思ってあらかじめ伏線を張っておいたのだ。

だが人を疑うこと自体を知らなそうな杉村女史は、にこやかな笑顔を返して寄越した。

「もちろん。そういう時は遠慮なく休んでもらって構わないのよ。その時は以前みたいにあたしたちも、手分けして運ぶことにするから」

「助かります」

吻《ほ》っとした様子を装いながら、総司は杉村女史の返事に少し失望した。自分が嘘をついたことは棚に上げて、何となく結局お前なんかいてもいなくても、大差ないよと言われたような気分になったのだ。他人に気を遣う女史のことであるから、自分に精神的な負担をかけまいとして言ってくれていることは明らかだったが……。

この人は男心をわかっていないなあ。もしもここで、お願いあなたが来てくれないとみんな困ってしまうの、とでも言われたら、相手がオバさんだろうが何だろうが、男というものはごくごく単純に、それじゃあ一丁やってやるかという気分になるもんなんだけどな——。

厨房の仕事はまだまだ終わりそうにない。それどころか気がつくと肝腎の沙織ちゃんの姿が、いつの間にか厨房から消えてしまっている。

しまった！

慌てて左右を見回すが、やはりどこにもいない。まさかさっきまであそこにいた、メチャメチャ可愛い巨乳の娘《こ》はどこへ行きましたかと、女史や鶴に尋ねるわけにも行かない。諦めきれずに少しぶらぶらして待ったが、沙織ちゃんはもう現れなかった。ひょっとして急用でもできて帰ってしまったのだろうか。

いずれにしても、痛恨の極みである——。

結局この日は、釈然としない思いを胸に抱きつつ、総司は公民館を後にした。

第二章
老婆の平和

Pax《パクス》 *Robana*《ロバーナ》.

其《そ》のたつた一度の感觸《かんしよく》は、今でもありありと憶えてゐる。讀書《どくしよ》好きが昂じて、東京の大學で國文學の勉强をしてゐた五十治さんは、授業がなくなつて戻つて來てゐた鄕里で、學徒出陣の召集令狀を受け取つた。そして愈々《いよいよ》明日出發《しゆつぱつ》と云ふ日、初めて二人きりで散步する機會《きくわい》ができたのだつた。男女七歲にして席を同じうせずと云ふ時代だつたが、明日戰地に赴く人に對《たい》しては、世間の目も緩やかだつた。

當時《たうじ》カエは女子挺身隊の一人として、町外れにあつた日本《につ》飛《ぴ》行機の工廠《こうしやう》で、朝から晚まで赤トンボと呼ばれる布製の練習機の翼を作つてゐた。〈擊《う》ちてし止まむ〉〈驕敵擊滅〉〈一億火の玉特攻だ〉——そんな勇ましい言葉が壁に貼り出された工廠で、竹を加工して複葉の翼を作るのだ。設計圖《せつけいづ》なんて難しいものを讀《よ》める人間は誰もゐないから、工廠の板張りの牀《ゆか》に、實物大《じつぶつだい》で描かれてゐる翼の繪《ゑ》の輪廓に沿つて竹を折り曲げて、それに布を張つて行くのだ。こんなもの本當《ほんたう》に飛ぶのかしらと思ふのだが、エンジンさへ積めば、ちやんと飛ぶのださうだ。其の日も朝からずつと立ち詰《づ》めで、一瞬たりとも手を休める暇もなく作業を續けてゐたが、何故か今日に限つて時間の進み方がのろく感じられ、永遠に午後が終はらないのではないかと思はれた。

漸《やうや》く其の日の作業終はりの時刻に成つて、胸を高鳴らせ乍《なが》らカエは、五十治さんとの待ち合はせの場所へと急いだ。

道すがらさう言へば今日は不思議なことに、朝から一度も空襲警報のサイレンが鳴らなかつたなと思つた。ひよつとして亞米利加《あめりか》さんも、今日許《ばか》りは私たちに氣《き》を遣つて呉《く》れてゐるのかしら。眞逆《まさか》、そんなことある譯《わけ》ないわね——。

暑い日だつたが、五十治さんは詰襟の學生服の釦《ボタン》を一番上まで全部留めて、まるで軍事教練か何かのやうに、すつくと立つてカエを待つてゐた。

其れから二人竝《なら》んで川べりの道を歩いた。二人とも道すがら、一言も口を利かなかつた。歩いてゐるうちに夕暮れが訪れて、川面には螢がいつぱい飛んでゐて、いつもならば綺麗だなあと思ふのに、何故か其の日は不吉な前觸《まへぶ》れみたいに見えた。人に對《たい》して何の警戒心も持たずに近寄つて來る螢たちを見てゐるうちに、カエは何故か酷く悲しくなり、懸命に袂を振つて螢の群れを追ひ拂《はら》つた。

石に躓《つまづ》いたふりをして、默つて前を行く五十治さんの手に縋つたのは、自分の方からだつた。嫁入り前の娘が男と手を握るなんて、とんでもないことだと教へられてゐたが、さうせずにはゐられなかつた。

五十治さんは一瞬愕《おどろ》いたやうに手を引つ込めかけたが、其れから思ひ直したかのやうに、白くて長い手をさつと伸ばすと、カエの小さな手を摑《つか》んで、強く握り返して呉れた。其の時の五十治さんの掌の力は、あれから六十五年以上經《た》つた今でも忘れない。

だが其の五十治さんは、カエの瞳をまつすぐ覗き込み乍《なが》ら初めて口を開いて、とんでもないことを言つた。

「此《こ》の戰爭は、負けるよ」

カエは愕いて周圍を見回《まは》した。幸ひあたりに人影はないやうだが、餘《あま》りにも不用心ではないか。五十治さんともあらうものが、こんな非國民發言、萬《まん》が一にも誰かに聞かれたら、一體《いつたい》どうする積りなのだらう。

其れに抑《そもそ》も神州日本が、絕對に負ける譯《わけ》がないではないか――。

「何云つてんの。いつちやんむづかしい事勉强しすぎて頭をかしくなつたんでねえの。日本は神の國《くに》でねえの。神の國がなして負けるの」

「日本を神の國だと思つてゐるのは日本人だけさ。何處《どこ》の國民だつて自分の國が神の國で、自分たちこそが神の民だと思つてゐるよ。もちろん亞米利加人は、亞米利加こそが神《ゴッド》の國だと思つてる」

雲の切れ目から現れた許《ばか》りの蒼白い月の光が、五十治さんの詰襟の怒り肩のところで皓皓《かうかう》と碎《くだ》けてゐた。背後で急にばさりと云ふ大きな物音がして、ひよつとして誰かに盗み聞きされてゐたのかと、思はずどきりとして振り返つたが、幸ひにも其れは水鳥が飛び立つた音だつた。

カエは前に向き直つて反論した。

「ゴツドだが何だがしやねげんど、鬼畜米英なんかの神に、日本の神様が負けるわけねえべ」

「鬼畜米英かあ……。カエちやんみたいな優しい子まで、そんなこと言ふやうに成るんだから、戦争と云ふのは恐ろしいなあ。尤《もつと》もむかふも、いい日本人《ジヤツプ》は死んだ日本人《ジヤツプ》だけだなんて言つてゐるらしいから、お互ひ様なんだらうけど」

カエは胸の奥が塞がつてしまつて返事が出來なかつた。五十治さんがいい加減なことを云ふ筈はなかつた。だけどそんなこと、とても受け容れられない。本當《ほんたう》に日本は負けて、私も私の家族も、五十治さんも五十治さんの家族も、みんなみんな亞米利加人に殺されるか、奴隷にされてしまふのだらうか――。

「カエちやん、僕がこんなことを云つたからといつて、誤解しないで呉れ給へ。僕は決して戦争に行くのが嫌なんぢやない。召集された以上僕は行く。カエちやんの住む此の國を護《まも》るためなら、僕は喜んで戦争へ行く。行つて太平洋の生きた防波堤に成るよ」

カエはすぐ目の前にあつた五十治さんの廣《ひろ》い胸に思はず顔を埋《うづ》めた。五十治さんの學生服越しに、其の持ち主の分厚く堅い胸板の感觸が傳《つた》はつて來て、此の儘《まま》永遠に時間が止まれば善いのにと思つた。

文學者を目指すのならば、もつと身體《からだ》が虚弱だつたら善かつたのに。さうしたら兵隊に取られる事も無かつたかも知れないのに——カエは文武兩道、質實剛健と云ふ言葉を體現《たいげん》したやうな五十治さんの堂々とした男らしい體軀《たいく》を、此の時初めて恨めしく思つた。

カエがたつた一度で善いから五十治さんにお願ひし度《た》かつたことがある。其れは横抱きだ。外國の結婚式の寫眞《しやしん》などで見たことのある、タキシード姿の新郎がドレス姿の新妻を横向きに抱へ上げる、あれだ。日本の神前結婚式で紋付袴の新郎が、裲襠《うちかけ》に角隱し姿の新婦を抱きかかへることなど有り得ないし、そんなこと考へるだけではしたない。だけど一度だけ、其れも誰も見てゐない、いま此處《ここ》でならば、お願ひしても善いのではないか、學生服の五十治さんがモンペ姿の自分を横抱きに抱へても、神様も其れに罰《ばち》を當《あ》てるやうな野暮なことはしないのではないか——さう思つてお願ひの言葉が喉まで出かかつたのだが、矢張《やは》り恥づかしくて言へなかつた。

一方五十治さんは、自分の逞しい腕《かひな》の中のカエの雙肩《さうけん》を静かに摑むと、見てゐるこちらが泣き度《た》くなるやうな穏やかで優しい眼をして、カエの身體を自分からゆつくりと引き離した。

「僕はカエちやんのことが好きだから、カエちやんを不幸にはしたくない。だから此れ以上はカエちやんに指一本觸《ふ》れない。ねえカエちやん、萬が一若《も》しも僕が歸《かへ》つて來なかつたら、其の時は誰か善い人を見つけて、僕の分まで必ずや倖せになつて呉れよ」

怒り肩を聳《そび》やかし乍《なが》ら、きつぱりとした口調で云つた。

「お願ひだから、ほつだなこど、云はねえで呉んろ」

横抱きなんて、そんな暢氣なことを考へてゐた自分が何とも恥づかしく、カエは思はず下を向いた。もつともつと、言ひ度《た》いことは山ほどある筈なのに、何一つ言へなかつた。しつかりしろと自分自身に云ひ聞かせても、曰からは次々と涙が溢れて來て、途中から何も見えなくなつた。本當《ほんたう》は、どんな卑怯な手段を使つてでも、私の爲に絕對に生きて歸つて來てと言ひ度かつたのに……。卑怯なことなど、其れこそ死んでも出來ない人だとわかつてはゐたが、其れでもさう云ひ度かつたのに――。

「もう此れを着る機會《きくわい》もないかも知れないな……」

五十治さんはさう云ふと、自分の廣い學生服の胸から、釦を一つ毟り取つてカエに差し出した。其の釦の學の文字は、上下につぶれて少し歪んでゐた。

此の人は、評論家なのか小説家なのかはわからないが、生きてさへゐれば、將來は必ずひとかどの文學者になるに違ひない。カエには其の確信があつた。文學者の妻なんて、生活《たつき》は苦しいものと相場は決まつてゐるが、カエは此の先一生、此の人と一緒に苦勞をし度かつた。五十治さんの文學と夢のために、笑ひ乍ら苦勞をし度かつた。

翌朝は小さな日章旗を持つて、驛舍《えき》まで見送りに行つた。だが工廠《こうしやう》の鍵を開ける當番《たうばん》だつたので行くのが遲《おく》れてしまひ、驛舍に着いたときは、もう汽車《きしや》が出る直前だつた。カエは必死で背伸びをしたが、出征する兵士の群れと其れを見送る大勢の人垣に遮られて、汽車に乘り込む五十治さんの特徴的な怒り肩が、ほんの一瞬垣間見えただけだつた。

まさか、まさか此れが見納めなんてことがと思ふとまたもや泣き度くなつたが、次の瞬間に奇蹟が起こつた。五十治さんが、まるで背中に目がついてゐるかのやうに、ステツプの上でくるりと振り返ると、群集の頭のはるか上を飛び越えて、まつすぐ自分に向かつて微笑んで吳れたのだ。其れは此れから死地に赴く人が、どうしてこんな笑顔が作れるのだらうと思ふやうな、心の底からの爽やかな笑顔だつた。五十治さんはカエに向かつて一回《いつくわい》だけ片手を振り、最後に萬感《ばんかん》の想ひを其の眼差しに罩《こ》めて頷くと、矢張り別れを惜しむ他の兵士たちの邪魔に成らないやうにだらう、長身を屈め乍ら車内へと消えた。

汽笛が鳴り、汽車がゆつくりと動き出すと、もう二度と此の人に會《あ》ふ事が出來ないのではないかと云ふ不吉な豫感《よかん》に、カエは思はず兩手で顔を覆つて其の場にしやがみ込んでしまつた。そして氣がついた時は汽車の姿はもう影も形もなく、日の丸を持つた大勢の人たちも、其の大部分が歸つてしまつた後だつた。

そしてカエの其の不吉な豫感は、殘念乍《なが》ら適中した。かう云ふ惡い豫感に關《くわん》しては、子供の頃から不思議なほど適中するのだつた。

戰爭はカエから、たつた一人の兄をも奪つてゐた。兩親は空襲でやられたが、兄は五十治さん同樣《どうやう》戰爭に取られ、緬甸《ビルマ》で戰死したのだつた。惡名高き英帕爾《インパール》作戰に參加させられたもので、表向きは名譽の戰死と云ふことに成つてゐるが、實際《じつさい》には愚昧な司令官の立てた無謀極《きは》まりない作戰によつて、掩護《えんご》も補給も碌な火器もなく、充分な食糧すらも持たずにジヤングルを何百粁《キロ》と歩かされ、待ち構へてゐた敵の彈幕の前に丸裸同然で晒された末に、何の成果も無い儘泥水を呑み、木の根を齧り、塗炭《とたん》の苦しみを味はつた末の餓死だつた事を、同じ部隊で辛うじて生き延びた人から後日教はつた。

一方五十治さんは特攻だつた。と云つても其の成果が派手に喧傳《けんでん》されたいはゆる神風特別攻撃隊ではなく、まるれ、と云ふ特殊艇による陸軍の水上特攻だつた。遺骨はおろか遺品すら届かず、昭和二〇年の一月ごろに、菲律賓《フイリピン》の呂宋《ルソン》島の灣《わん》の一つで戰死したと云ふ通知の紙一枚が届いただけだつた。

終戰を迎へて家があつた場所に行つてみると、其處《そこ》には見知らぬ男たちが、勝手にバラツクを建てて住んでゐた。大した家ではなかつたが、其れでも一應此處《いちおうここ》は自分の土地だと云ふと、彼らは目を吊り上げて、何やら意味不明な言葉を叫び乍らカエを突き飛ばした。土地臺帳のある役所は建物ごと燃えてしまつてゐたし、警察に行つても、忙しくて全然取り合つてもらへなかつた。

翌日、諦め切れずにもう一度行つてみたが、今度は男たちは何も言はずに、鉈《なた》のやうなものを持つて追ひかけて來た。殺される――さう思つて命からがら逃げた。抜け殼のやうになり乍《なが》らも、何とか知人のところに身を寄せてゐたカエに聲《こゑ》をかけて呉れる人がをり、旅館の住み込みとして働きはじめた。

そんなカエに縁談が持ち込まれたのは、其の三年後のことだつた。むかふは再婚なんだけどね、創業百五十年の呉服屋の跡取りなのよ。再婚と言つても、離縁ぢやなくて死別だから、しち面倒くさいことは何もないのさ。先月寄り合ひの宴會《えんくわい》でウチに來た時に、一生懸命働いてゐるあんたの立ち振る舞ひを目にして、見初めたらしいのさ。やつぱり人間、何處《どこ》で誰に見られてゐるか、判らないものだねえ。あんたみたいな財産もなく天涯孤獨《こどく》な女に、今後こんな良緣が來る事は二度とないよ、どうだい兎に角會《あ》ふだけでも會つてみたら、何時までも若い心算《つもり》で愚圖愚圖《ぐづぐづ》してゐたら、あつと云ふ間に薹《たう》が立つちまふよ――女將《おかみ》にさう薦められ、此の三年間、五十治さんのことを忘れた日など一日たりとてなかつたが、あの時の五十治さんの言葉――若《も》しも僕が歸《かへ》つて來なかつたら、其の時は誰か善い人を見つけて、僕の分まで必ずや倖せになつて吳れよ――に從ふことが、今の自分の義務だと思ひ直して、會《あ》ふことにした。

當日《たうじつ》になり、やつぱり氣が乘らないので斷《ことわ》らうと思つたのだが、先方は約束の時間より二時間も前に來て、座敷で料理などを注文して待つてゐるし、一方的に斷るのは女將の顔に泥を塗る事に成ると思つて斷れなかつた。

さうかうしてゐるうちに見合ひらしきものがはじまり、カエはただ女將の隣に坐つて下を向いてゐただけで、相手の顔すら殆ど見られなかつたのだが、本人と一緒に來た母親が、自分のことを何故かえらく氣に入って呉れ、其のままとんとん拍子に話が進んで押し切られてしまつた。

結局のところ良人《をつと》と姑は、家の仕事と子育てを、默々とこなす丈夫な働き手が欲しかつただけではないだらうか——最近カエはさう思ふやうになつた。息子を溺愛してゐる姑は、家の財布を全部取り仕切つてをり、カエは朝から晩まで働いても、腰巻一枚買ふお金も、貰ふことはない。着物の袖口が擦り切れて中の纖維が何本も見えて來ると、死んだ先妻の着てゐた古着を、勿體《もつたい》ぶつてカエにくれることがあるが、其れだけだ。戰爭で家も係累も全て失つた天涯孤獨な女を、住み込みの女中代はりに置いてやつてゐると云ふくらゐの意識なのだらう。だが女中ならばまだお給金が貰へるしお休みもあるが、カエは給金もなく、三百六十五日、一日たりとも休める日はないのだ。

右の目がズキズキ痛んで涙が止まらない。袖口で涙を拭ひ乍《なが》ら作業を續《つづ》けたが、特に下を向いたときには、あまりの痛さに、思はず飛び上がりさうになる——。

ふと顏を上げ、雨戸を閉めた硝子戸に映《うつ》つてゐる自分の顏を見てカエは愕いた。まるでお岩《いわ》さんのやうに右目の上が腫れてゐる。更には暗いところでの作業が續いてゐたため氣が附かなかつたのだが、さつきから涙を拭つてゐる積りだつた前掛けの袖口が、眞つ赤に染まつてゐた。最初は両手の皹《あかぎれ》から滲み出た血だと思つてゐたのだが、さうではなかつた。

實《じつ》は此の時既に、右目の視野の中心部分から外側にかけて、眞つ黒な部分が確實に擴《ひろ》がりつつあつたのだが、其れを見てカエが最初に思つたのは、折角貰つた前掛けを血で汚してしまつて、姑に怒られると云ふことだつた。

其れからも手拭ひで右目を時々冷やし乍《なが》ら、手拭ひが赤く染まると其の都度盥《たらひ》で濯《すす》いで、カエは動き續けた。大きな家なので、全ての雨戸を釘打ちすると成ると、可也《かなり》の時間がかかる。既に雨が激しく軒を叩きはじめてをり、カエは全身びつしより濡れ乍ら仕事を續けた。盥に張つてゐた冷たい水は、いつしか紅花の染物にでも使ふかのやうな色に變《か》はつてゐた。

其の夜良人《をつと》は結局歸つて來なかつた。

颱風《たいふう》は礦石《くわうせき》ラヂオの告げた豫報《よほう》通りにやつて來て、一晩ぢゆう容赦なく家の窗《まど》や屋根を叩いた。

だがカエが打ちつけた雨戸や窗は、少しの雨も寄せ附けずに家の中を守つた。何もしてゐなかつた三軒となりの小間物屋では、雨戸が飛び硝子窗が破れて、家の中の商品の殆どが水びたしで駄目になつた。

病院に行く時間が出來たのは、颱風が完全に通り過ぎて、打ちつけた板を全部剝がし終へてからだつた。其の間右目はずつとズキズキと痛み、瞼は紫色に腫れあがつて開けられなかつたが、「ミツは痛いだの痒いだの一切言はなかつたねえ」と言はれるのが嫌で、言ひ出せなかつたのだ。

醫者《いしゃ》は一目見るなり、どうしてもつと早く來なかつたんだとカエを怒鳴つた。すぐに來れば何とかなつたかも知れないのに、此れではもう、どうしやうもない――。

右目の視力が二度と戻らないことが判つた日から、姑の言葉に一段と棘が加はるやうに成つた。

「ウチは片目の嫁なんて、もらつた憶えはないねえ」

どうしても以前より動きが悪くなり、遠近感がはつきりつかめないので、皿を割つたりする事が増える。

「いい加減にしておくれよ。あんたはウチの財産を、全部無くしにやつて來たのかい！」

以前のやうに動けない自分がもどかしく悔しく、何とか氣持ちで其れを補《おぎな》はうと思ふのだが、張り切れば張り切るほど、全てが裏目に出てしまふのだつた。

やがて殘る左目の視力も低下が著しくなつた。針仕事や暗い處《ところ》での臺所《だいどころ》仕事などで、朝から晩まで酷使し續けた所爲《せゐ》だつた。姑は電氣代が勿體無いと、完全に眞つ暗で指先が見えなくなるまで、電氣を點《つ》けさせないのだ。停電の夜は、蠟燭《らふそく》一本の燈りで裁縫をさせられる。醫者《いしや》は三十分間目を使つたら、最低でも十分間は、ぼんやりと遠くを見たりして目を休めるやうにと言つたが、一體《いつたい》どこにそんな暇《いとま》があるのか、敎へて欲しいと思つたものだつた。

「全く、とんでもない無駄飯喰らひを貰つちまつたもんだねえ！　ウチはもう跡取りもちやんとゐるし、無駄飯喰らひなんか要らないんだよ！」

颱風の夜に良人《をつと》が歸つて來なかつた理由は、矢張り妾《めかけ》の家に入り浸つてゐたからだが、姑は其れを知つても息子の肩を持つた。

「亭主が外に女を作るのは、女房に不滿があるからさ」

カエは反論する氣も起こらなかつた。

1

二週間後の月曜日、総司は寝坊した。

かったるいなあ。行くの止めようかなあ――何度もそう思った。

だが行けばあの憧れの沙織ちゃんと会えるのである。逆に言えば、今日行かなかったらもう永遠に会う機会はないかも知れない。

運命の再会を果たすためなら、数十個の弁当をタダで運ぶくらいのことが一体何だというのだ？　そう思い直して慌ててベッドから抜け出すと、大急ぎでライダースーツに着替えた。

正直この二週間というもの、友人に誘われてやった単発のバイト――イベントの会場整理――や麻雀、趣味の競馬などでそれなりに忙しく、弁当運びのことはほとんど忘れていた。

だが沙織ちゃんの顔は毎日のように憶い出していた。何とか無報酬労働をせずに、沙織ちゃんのメアドか携帯の番号をゲットする手段はないものかと考えを巡らせたが、良い案は浮かばなかった。それにもし仮に首尾よくそれらをゲットできたとしても、一度面と向かって話して好感触を得てからでなければ、電話もメールもする勇気が出ないのが正直なところだった。

昨日の夜に至っては、母親に翌日の用事を頼まれそうになり、照れ臭いので誰にも言わないつもりだった弁当運びのことを、断るためについつい引き合いに出してしまっていた。

「ダメだよ俺、明日は忙しいから」

すると案の定母親は、怪訝そうな表情になった。

「だって今は春休み中じゃないか」

「確かに大学は休みだけどさ……実は明日俺、ボランティアに行くんだよ」

すると母親は一段と怪訝そうな顔になって、耳に手を当てた。

「何だって？　もう一回言っておくれ」

「だからボランティアだよ」

「ボランティア？　あんたがかい？」

スーパーで目指す特売品が売り切れだった時のような母親の顔を見て、総司は正直に話したことを即座に後悔した。いつも通りただ「友達と遊びに行く」と言えば、それで済んだ筈なのに――。

「そうだよ。悪いんかよ。俺がボランティアやっちゃあ」

「そりゃあ、悪くはないけどさ……」

「じゃあ何だよ！」

総司は苛々して語気を荒らげた。そもそも最近この女は、俺に気安く用事を頼みすぎだ。ブロンコの半金を出して貰って以来、俺が頭が上がらないものと思っているんだろう。まあ実際その通りではあるのだが。あの半金はいずれバイトして返す約束だったが、その後要求して来ないのを良いことに、俺も忘れたフリを続けているのだから……。

「だけど具体的に、どんなことしてるのさ？」

「独り暮らしの爺さん婆さんに、無料の弁当配って回ってるんだよ。わりいんかよ」

「そりゃあ、悪いってことはないけどさ……」

母親は言葉を濁すと、大きな鍋から金柑をひとつ摘《つま》み出して口に抛《ほう》り込んだ。ママさんコーラスをやっている母親は、咽喉《のど》に良いと言って金柑を氷砂糖で煮ては毎日数個ずつ食べている。母親が煮始めると、その甘くさい匂いが家の中に充満するのが嫌いだ。

「だけど、何だってまた急に」

「うるせえな。いいだろ何だって！」

思わず再び声を荒らげた。口が裂けても理由なんて言いたくなかった。

「まあ何でもいいけどさ。続くといいねえ」

糞。今思い出してもムカつく。確かに俺は飽きっぽい男だよ。一昨年の夏はダイバーの映画を観て感激し、さっそくスキューバ・ダイビングの講習に通ったが、マスククリアの練習のときに鼻から水を吸って溺れかけ、それきり面倒臭くなって行かなくなった。去年の冬はオリンピックの影響でカーリングをはじめたが、やはりあの母親に、氷の上を掃くヒマがあるならば、一度でいいから自分の部屋を掃除してくれないかねと言われ、逆ギレして辞めた。飽きっぽいのみならず、ブームにも左右されやすい男であることは自分でも認める。

しかしだからと言って、あれが美しき青春の日々を、無償奉仕に費やそうという純粋無垢な若者に対して、実の母親がかけるべき言葉だろうか？

などと思いながら急いでブロンコを飛ばすと、もう弁当は全部詰め終わって並べられていた。

すぐに出発しようとしたところで、今日は駐車場で民生委員につかまった。

「この前はどうだったかね。結構大変だっただろう？」

「いえ……大丈夫です。まだ若いんで」

自分自身がもうすぐサービスを受ける側になると思われるこの人と、一緒になって愚痴を言うのは、さすがに自分のプライドが許さない。

ところがその民生委員は、続けてこんなことを言った。

「実は僕は君が今日来るかどうかで、何人かとお昼ごはんを賭けたんだよ。見事に僕は負けて、今度何人かにランチを奢る羽目になったというわけだ」

そう言いながら、金歯を光らせてニタニタ笑う民生委員を見て、総司は心の中で憤慨した。何だよそれ。要するに俺がもう来ないと思っていたってことだろ？　ケンカ売ってんのかコラ！　ていうかそもそも民生委員が、賭けなんかやって良いのかよ——。

とはいえさすがに中学生ではないから、内心の憤激を抑えて何食わぬ顔で世間話を続けるくらいの処世術は身につけている。そうして話しているうちに総司は、自分が民生委員というものについて全くの思い違いをしていたことを知った。市役所や公立の福祉事務所などの外回り専門の職員で、地方公務員として甘い汁をたっぷり吸っている民衆の敵だとばかり思っていたのだが、実際は民生委員法なるものに基づいて配置されている民間のボランティアで、全くの無報酬なのだという。

あ、そうだったんですか。どうもお疲れ様です。

だけどこんなこと、よく無報酬でずっとやっていられるなあ。よほどのヒマ人なんだろうなあ——次の瞬間に浮んだ偽らざる感想はそれだった。

「君にとってお年寄りとは何かね」

感心していたところでいきなりそんな質問を受けて総司はたじろいだ。そんな質問、予想していないので、答え方がわからない。

「はあー、人生の大先輩というか、今日《こんにち》の日本の繁栄を築いて来た方々だから、大切にしないといけない存在というか……」

「ふむ」

民生委員は小さく鼻を鳴らした。

「ではもしも日本がいま繁栄していなかったら、大切にしなくても良いのかな」

何だよこのオヤジ、他人《ひと》の言葉尻を捕らえやがって――。

「いえ、そんな風には思っていません」

「君に一つ、良いことを教えてあげよう。教科書にもネットにも、絶対に書いていないことだ」

「何ですか?」

民生委員は背筋を伸ばして続けた。

「君の中にお年寄りを軽んじる気持ちが少しでもあるならば、それは今すぐ捨てた方がいい。これはお年寄りのためではない。君自身のためだ。僕のように初老の年齢になって初めてわかることだが、若い頃に老人を馬鹿にしていた人間は、例外なく、惨めな老後を迎えることになるんだよ。いいかい、例外なくだ」

「へえ?」

本当だろうか、と訝った。たまたまあんたの周りがそうなっているだけじゃないのか?

「そういう人間に限って、自分が年を取ると、がっくり来てしまう。それはそうだ。自分が散々馬鹿にしていたものに、一日一日と近づいて行くんだからね。お年寄りに不親切にした記憶ばかり頭の中に残っていて、しかも自分がそうだったから、自分より年下の連中が全員、老いた自分を馬鹿にしているように感じられて来る。人間、自分のそうした気持ちには絶対に嘘がつけないものでね、つまりそういう人間は、自分自身に復讐されるんだよ。そういう点ではこの世の中は、一見不公平に思えるかも知れないが、実はびっくりするほど公平にできているんだ」

「はあ……」

羊に似た老婆は、やっぱり今日も、前回の容器をきれいに洗って差し出して来た。そう言われても、もう一度使うわけには行かないしねえ――前回杉村女史はそう言いながら、総司が持ち帰ったぴかぴかの容器を、そのままプラスティック用のゴミ袋の中に入れていた。今日も当然そうなるだろうことは火を見るよりも明らかだったが、それでこの人の気が済むのならと思った総司は、何も言わずに受け取って岡持ちの上段に仕舞った。

ただし大切なコレクションを減らすのは忍びなかったので、今日は包装紙は頑として断った。

オンカメ様の婆さんは、今回も布教を試みようとした。前回はそんなことを考える余裕すらなかったわけだが、神棚に飾られている水瓶などを見るにつけ、どうやらオンカメ様には、御瓶様という字が宛てられるらしい。謎の繡《ぬ》い取りの文字は梵字というやつで、恐らくご本尊のイニシャルか何かなのだろう。今日もまた夏の甲子園のチアガールのように顔の前で両手を組み、勝手に祝詞のようなものを唱えはじめたが、総司が今日は初めから相手にせずに帰りかけると、今度はどうしてご飯にゴマをふってくれないのかとゴネ出した。前に来ていた金歯の爺さんも、毎回次からは絶対にと約束するのに、一度たりともゴマがふってあった試しがない。あたしを年寄りだと思ってバカにしてるんじゃないのか――。

総司は今すぐ四トントラックの荷台いっぱいにゴマを買って来て、婆さんのすぐ脇で荷台を傾け、婆さんをゴマで生き埋めにしてやりたくなった。

気付いたら最後の家になっていた。すでに頭の中は、公民館に戻ってから何と言って沙織ちゃんに話しかけようか、そのシミュレーションで一杯になっている。沙織ちゃんが今日もちゃんと来ていることは、出発前に目の端で確認済みである。

風が吹くだけで揺れるスリル満点の階段を、総司は駆け足で登った。

外廊下の障害物を、ユーチューブで見た全盛期のマラドーナの如き軽快なステップで躱《かわ》しながら進み、薄い合板のドアをノックする。気が急いているので、返事を待たずにドアノブに手をかける。

するとカエ婆さんは、卓袱台の上に大福と茶碗を二つ用意して自分を待っていた。今日もまたくたびれた割烹着を着て座っているが、この前と違って見えない右目には黒い眼帯をしている。醜い創痕《きずあと》を見せないための精一杯の配慮だろう。

だが正直言うと総司は、この光景を見てちょっと不快な気分になった。眼帯にではない。婆さんが、今日も自分がここでお茶を呼ばれていくものと決め付けていることに対して、反撥を覚えずにはいられなかったのだ。勘弁して欲しいなあ。もちろん好意によるものだということはわかっているけどさ、そういう儀礼的な人間関係には、もううんざりしてるんだよ――。

だが片目しか見えないカエ婆さんが、総司の顔を見て嬉しそうにいそいそとお茶を淹れに立つのを見ると、総司は何も言えなくなってしまった。まあここに来るのも今日で最後かも知れないし、お茶を一杯呼ばれるだけのことだし、そんなに目くじら立てるほどのことでもないかと思い直して、この前と同じぺしゃんこの座蒲団の上に腰を下ろした。

今日は豆大福だった。だがカエ婆さんは、一口齧《かじ》って顔を顰《しか》めた。

「何《ない》だ、今朝買って来たばっかりなのに、もう少し堅くなっているな」

そう言うと婆さんは、総司が食べようと口に運びかけていた大福を、細い腕を伸ばして問答無用でむんずと奪い取ると、自分の分と二つ合わせて手に持ち、よっこらしょと言いながらもう一度立ち上がった。

「さてはあの和菓子屋、昨日《きんな》の売れ残り寄越しやがったな。もう買わねぞ、あそこでは」

そんなことを言いながら小さなフライパンをガス台にかけると、例によって火のすれすれまで顔を近づけて、大福の両面を軽く焼いて戻ってきた。

「へえ、大福を焼くの」

「堅くなったときはな。基本中の基本だべ」

「ふうーん、そうなんだ」

確かに、表面がカリッとして、中のあんこが少し温まって美味しい。

だが入れ歯の婆さん本人には、一度堅くなった大福を食べるのは難儀そうだ。二口ほど食べると、あきらめたように大福を置き、卓袱台の下から例のキセル一式を取り出した。小刻みに震える手で、煙草の葉を火皿に詰める。

「あんさんは、オートバイに乗るんだが」

総司の着ているライダースーツの上下を、唯一見える左目でつらつらと眺めながら、婆さんがぼそりと訊いて来た。

「そうだよ。しかしオートバイって、何だか懐かしい言い方だなあ」

カエ婆さんが徳用のマッチを擦り、キセルの先に火が点いた。火を消そうと婆さんはマッチを持つ手を大きく振る。

すると火は確かに消えたのだが、振った勢いが強すぎて、マッチの先の部分がどこかへ飛んで行ってしまった。総司は愕《ぎょ》っとしながらその飛んだ先を目で追う。

だが目の悪い婆さんは、マッチの頭が飛んだことに気づいていない。マッチの軸の残りを灰皿に置いて、悠然とキセルを吸っては、紫煙を吐き出しているだけである。幸いなことに火は空中を飛んでいる間に消えたらしく、黒いマッチの頭は、数メートル先の畳の上をコロコロと転がってやがて止まった。

そして総司は次の瞬間、もう一度愕《ぎょ》っとした。

部屋じゅうの畳のあちこちに、焦げたような小さな黒い跡が、無数についているのに気がついたのだ。

慄然《りつぜん》とする思いだった。よくぞ今日まで、火事にならなかったものである。そうか、目がよく見えないとは、こういうことなのか——。

だがカエ婆さんは、そんな総司の様子にも気がついていないようだ。「オートバイに乗る男は、男らしくてええ」暢気な顔で、そんなことを繰り返している。

「そうかなぁ？」

総司は首を傾《かし》げた。

「んだんだ」

「でもさ、単車転がしてるというだけで、不良扱いされることが多いのも事実だぜ。俺は暴走族とかは大嫌いだし、ただバイクに乗りたいだけで、何も悪いことはしていないのにさ。この世は偏見で満ち満ちてるってことを、俺はバイクに乗り始めてから学んだね」

「この前オートバイ屋の前を通ったら、あんさんみたいな恰好した若者が何人か、円になってしゃがみこんでんのよ」

だがカエ婆さんはマイペースで話を続ける。総司は訝る。ねえお婆ちゃん、今のワタクシメの話、少しは聞いておられましたでしょうか？

「おなかでもいたいのかいと訊いたら、何でもねえよって大声で。最近の若者はコンニャクみたいなのが多いのに、ハキハキしていて感じよかったね」

総司は唖然とした。

「ば、婆ちゃん。そ、それは車座に屯《たむろ》して、通行人にガンつけてたんだよガン！　わかる？」

「昔の日本の男はみんなあんなだったたねえ。いつでもハキハキものを喋って。文句も言わずに戦争に行って。そりゃあ、乱暴な男も多かったけど、今みたいに軟弱な男は少なかったねえ」

カエ婆さんは話し続けながら、感極まったかのように目頭を押さえた。

「わしももう、一刻も早く、みんなのところへ行きたいわ」

「ちょ、ちょっと婆ちゃん、そんなこと言わないでくれよ……」

総司はつまんでいた豆大福を置き、慌てて言った。

「うんにゃ。もう思い残すことはねえ。もう一刻も早く、お迎えが来て欲しいわ」

そう言ってもう一度目頭を押さえる。

総司は困惑した。老人と話をしていて、こういうのが一番困る。何と言って元気づけたら良いものか、見当もつかないからだ。医者でもないのに、まだまだ大丈夫だよと言うのもおかしい気がするし、結局のところ、そんなこと言わずに長生きしてくれよと言うくらいが関の山だ。

暗い気持ちになり、置いていた豆大福を取り上げて、もう一口齧った。

「まあ美人薄命と言うからのぉ。もう少しの辛抱かのぉ」

「ふんぎ」

イタリア語でキノコの複数形を意味する単語を発しながら、豆大福を今日は気管の方に詰まらせた総司は、胸をどんどん叩きながら白目を剝いて目前の老婆を見つめた。

く、く、くるひぃ――。

しかしカエ婆さんは、悠然とキセルを吸い続けている。

天上からの白い光のようなものに包まれて、そこはかとない恍惚《こうこつ》感を味わっていた総司だが、これではいけないと思い直し、胸をどんどん叩き続けて、こちら側の世界に踏みとどまることに何とか成功した。

ぜいぜいと肩で息をしながら、まだうっすらと立ち籠めている白い光の中、カエ婆さんをもう一度まじまじと見る。

だがその本人は全く何事もなかったかのような顔で、堅い大福に再チャレンジしながら、安物のお茶をふうふう吹きつつ啜っているだけである。

「じゃ、じゃあ、俺もう行くぜ、婆ちゃん」

いちおう大福を全部平らげ――出されたものは残さないというのが、小さいころから総司が受けた教育だった――熱いお茶も飲み終えて腰を上げると、カエ婆さんはさっきとうって変わって、真剣な表情で総司を見つめている。

「車に気をつけろよ」

「車？　ああ」

「それから、綺麗なおなごに気をつけろ」

「じゃあ婆ちゃんにも気をつけなきゃ」

「んだんだ。よくわがったな、おめえさん」

総司は岡持ちを持って玄関を出ると、合板製のドアを後ろ手にそっと閉めた。

殺風景な廊下を歩きながら一息ついた。一体どこまでが本気で、どこからが冗談なんだ、あの婆さん？

2

発進して交差点に差し掛かったところで、左折するトラックに危うく巻き込まれそうになって大いに焦った。スピードをいつもより抑え気味にしていたおかげで間一髪助かった。左後方の確認を怠ったトラックの過失なのだが、万が一の場合、一生車椅子で過ごす羽目になるのはこっちであり、いくら補償してもらおうと、取り返しがつかない。

スピードを抑え気味にしていたのは、車に気をつけろという、さっきのカエ婆さんの一言が、頭のどこかにひっかかっていたためだろうか。もちろん偶然には違いないが、心の中で婆さんに感謝しながら先を急ぐ。

だが高揚した気持ちで公民館に帰ると、何だかこの前とは微妙に雰囲気が違っていた。後片付けもそのままに、女性たちが慌ただしく動き回っているのだ。

太目の大河内《おおこうち》さんが通りかかったので呼び止めて訊くと、とある配達先の家で、危篤状態の老人が見つかり、救急車が呼ばれたというのだ。その報せを受けて、杉村女史をはじめ何人かが病院に向かったらしかった。

一回目の配達の時、エアマットの上でぐったりしていた禿頭の爺さんを見て、内心焦ったことを憶い出し、総司は独語した。そうなんだよなあ。実際そういうこともあり得るわけだよなあ——。

都会の片隅で孤独死した老人の遺体が、死後何週間も経ってから発見されたなどという記事を、新聞の片隅で目にすることがある。これまではそんなもの、自分とは全く無縁の出来事だと思っていた。可哀想なことだとは思うが、はっきり言って自分にとっては、ガラパゴス諸島でリクイグアナが一匹、背中の痒いところに手が届かなくて困っている、というのとほぼ同等のニュースだった。

だが考えてみるとこれをやっているうちは、自分だっていつそんな場面に出くわさないとも限らないわけだ。

冗談キツいぜ――。

俺は卒論のフィールドワークの一環として、ただ弁当を運ぶだけという軽い気持ちでこれをはじめた。

だがもしもそんな場面に出くわしたら、否が応でもそんな単純な割り切り方では済まなくなることだろう。

肩の荷が急に重くなるのを感じた。何だか福祉やボランティアというものの実態が垣間見えたように思った。みんな最初は軽い気持ちではじめるのに、いつしか責任やしがらみができてしまい、ずるずると抜けられなくなっていく、実はそれが実態なんじゃないのか――？

一気に暗い気分になりながら流し台の方をふと見ると、何と沙織ちゃんが、たった一人で大鍋を洗っている姿が目に入った。

現在の状況が、結果的に絶好の人払いになっているわけである。これを千載一遇のチャンスと言わずして何と言おう？　グラッチェミッレ！　今度は一気に明るい気分になり、見知らぬ危篤の老人に心の中で感謝しながら、総司は思い切って沙織ちゃんの華奢な背中に向かって声をかけた。

「あのう……」

「はい？」

沙織ちゃんは洗い物を続けながら、びっくりしたように振り返った。

「沙織ちゃん……だよね。俺のこと、憶えてないかな。中一の時に同じクラスだった……」

「礒田君でしょ？　もちろん憶えているわよ」

総司の肺の中に、新鮮な空気が急に流れ込んで来た。

「なあんだ、わかっていたのか。ひょっとして気づいてくれてないのかと思ったよ」

「憶えてるわよ。新撰組の沖田総司と一字違いの人なんて、世の中にそんなに大勢はいないもの」

そう言われて総司は、改めてこの名前をつけてくれた両親に深く感謝した。

思わず沙織ちゃん、などと親しげに呼びかけたものの、考えてみるとクラスメイトだった頃には、こんな馴れ馴れしい呼び方をしたことはただの一度もない。相手はクラスのアイドル的な存在だったから、話しかけるチャンスはごくたまにしかなかったし、座席も遠く特に親しくもなかった——正確に言えばなれなかった——から、その僅かな機会に恵まれた時も、名字にさん付けで呼んでいたものだ。さらに二年進級時にクラス替えで別々のクラスになって以降は、残念ながらその後卒業まで、一度も言葉を交わす機会には恵まれなかった。

だが感激してぼんやりしている場合ではない。それきり会話が途切れている。何か言わなきゃダメだろ、俺。焦りながら総司は言葉を継いだ。

「あのう、な、何か手伝うことあるかな？　オ、オレ、たった今配達から戻って来たんだけど」

沙織ちゃんはもう一度振り返り、にこやかに笑った。

「ううん、大丈夫。これは女の仕事だから」

その笑顔を見て総司は、背中を電流が走ったかのように感じた。その笑顔は、何か特別な人にしか見せないものに思えたからだ。

「すごい好評なんだってね」

一方沙織ちゃんは話を続けながらも、洗う手を休めない。

「何が？」

「礒田クンがよ。杉村さんが言ってたよ。礒田クンのこの前の配達、お年寄りのみなさんに、すごく評判が良かったって」

「え、本当？」

思わず声が裏返った。そんなことあるのだろうか？　ロクに話もせずに、ただ弁当を渡して帰って来ただけなのに？

「そんなこと、ウソ言ったってしょうがないじゃない」

「そ、それはそうだけど……」

だが何よりも信じられないのは、中学時代はアルプスのエーデルワイス、蔵王《ざおう》のコマクサ並みの高嶺の花で、話しかけることすらままならなかった沙織ちゃんと、自分がいま普通に仲良く喋っているというこの状況だった。ちょっと待ってと言って、古典的に自分で自分の頬っぺたを抓《つね》ってみたかった。

「と、ところで沙織ちゃんは、いま何してるの？　大学？」

中三の時に同じクラスだった人間の消息はそれなりに耳に入ってくるものの、卒業時にクラスが別だと、情報はあまり入ってこない。

「ううん。あたし頭が悪いから、結局大学には行かなかったの」

「そんな。沙織ちゃんは、いつも成績もクラスでトップクラスだったじゃない」

意外だったが、すると家事手伝いというやつだろうか――。

「それは中一のときの話でしょ？　あのころは、授業をちゃんと聞いて宿題だけやっていれば、それだけでそれなりの点数が取れたもの。元々の頭は悪かったのに、精一杯背伸びしていただけよ。そう言う礒田クンはいま大学？」

「うん。一浪したから、この春でやっと四年生だけど」

「一浪くらい、どうってことないわよ。社会に出たらもう一緒よ」

ますます良い雰囲気になりつつあった。ここら辺で少し笑いが欲しくなって総司は言った。

「そう言えばさあ、俺が配達している家の中に、かなりやばいギャグセンスのお婆ちゃんがいてさあ」

「おばあちゃんで？」

「うん。内海さんって言うんだけどさ、ひょっとして知ってる？」

「ううん」

去年までは、老人たちに公民館に来てもらって直接給仕していたということだったので、ひょっとしたら知っているかなと思って言ったのだが、沙織ちゃんはかぶりを振った。

笑いというのは難しい。ある人が大笑いした話に、別の人はくすりともしないこともある。

だが幸いなことに沙織ちゃんの笑いのツボは、自分と共通であるらしかった。沙織ちゃんは流し台に片手をついたまま、肩を小刻みに震わせた。

「何それ！　いま八十四で、あと二歳若かったらって！」

「だろ？　しかもさー、すっごくまじめな顔して言うんだぜ。ふざけた顔で言われたら、そんなにおかしくないと思うんだけどさー。いやー、俺もう死にそうだったよ」

「でもそのお婆ちゃんの気持ちも少しわかるなー。礒田クン、すっごく恰好良くなったもの。この前見て、礒田クンってあんな凛々しい眉に、あんな涼しげな目をしてたっけと思ってびっくりしたもの」

それを聞いた瞬間総司は、何か樹液のようなものが、もの凄い速さで背筋を駆け上って来るように感じた。切れ長の一重瞼という自分のスペックが総司は不満で、二重瞼だったら良かったのになあとずっと思っていたのだが、沙織ちゃんは正にそこを褒めてくれた。それに果たしてただの社交辞令で、こんなこと言うだろうか？　するとひょっとしてこれって……いやいや待て待て。落ち着け。自重しろ俺。

「そ、そう言う沙織ちゃんこそ、み、見違えるほどってのはおかしいな。元から綺麗だったから。とにかくさ、あのーそのー。それでさ、今日は俺もうマジで死ぬかと思った」

あまりのトントン拍子な展開に、逆にパニックになりかけ、それを誤魔化すために総司はさらにカエ婆さんの話を続けた。

だが今日の話には、沙織ちゃんは最初怪訝そうな表情をした。

「美人薄命？」

「うん……」

あれ、面白くなかったかな？　総司は不安になった。

「あ、そうか！」

だが次の瞬間、沙織ちゃんは流しの前で、ひいと言いながら身体を二つに折った。

「やるなあ、そのおばあちゃん。ある意味そのギャグの前フリに、八十四年かけてるわけだもんね。とても太刀打ちできないわ」

「いや、別に太刀打ちはしなくてもいいんじゃないの？」

「でもあたしも、もし万が一長生きしたら、死ぬ前に一度はそのギャグ使ってみたいわぁ。パクリで悪いけど、いつかそのギャグを言うためだけに、長生きしてみようかなぁと思うくらい」

「しかもさー。そのお婆ちゃん、毎回毎回俺がお茶請けの大福を食べている瞬間を見計らって言うんだぜ。まだ二回だけど、俺毎回そのお婆ちゃんのところで、大福を喉のいろんなところに詰まらせて、臨死体験してるくらいなんだぜ」

「きゃはは。臨死体験だって。礒田クンも面白ーい」

「いやいや、それが本当なんだよ。本当に毎回死にかけてんの。今日なんかそこはかとない白い光みたいなものに包まれたくらいだもん。きっと沙織ちゃんだって、あのお婆ちゃんの話を生で聞いたら……」

だがその時だった。誰かが洗い場に入って来る足音が響き、次の瞬間総司はトントン、と背中を叩かれた。

ぎくりとして振り返ると、そこには仏頂面の鶴が立っていた。

「ちょっと」

鶴は、背伸びをして総司の耳に口を近づけて来る。

「あの、ちょっと忠告しておきますけどね」

「は、はい」

ここは男女が仲良くなる場所じゃないですよ——そんな小言を予想して総司は直立不動になった。昔から苦手な人の前に出ると、体が硬直気味になってしまうのだ。

一方沙織ちゃんは、何事もなかったかのように前を向いて洗いものに戻っている。

だが鶴が声をひそめて口にしたのは、意外な一言だった。

「あなた、杉村さんには気をつけた方がいいですよ」

「えっ？　杉村さん、ですか？」

総司も思わず声をひそめて訊き返した。

「そうよ。あの人は、若い男性が好きなんだからね」

総司は鶴、いや竹之内《たけのうち》さんの痩せぎすの顔を、まじまじと見返した。どぎついほど赤い口紅を塗った唇が、かさかさに乾いた頬と、可哀想なくらいアンバランスである。誰かその口紅の色は似合わないと教えてあげればいいのに。それともそれを教えてくれる人すらいないのだろうか？

「それって一体、どういうことですか？」

「どういうことって……そういうことよ。とにかく気をつけなきゃダメよ。あの人は前科があるんだから。いい？」

「はあ……」

だがその時、公民館のガラス戸ががらがらと開いて、玄関先にその杉村女史本人の姿が現れた。鶴はわかった？　と言うかのように目で合図をすると、あら早いわねと言いながら踵を返して女史に駆け寄り、発見が早くてよかったわあ、ピンピンしていて、こっちが驚いたくらいと言うその杉村女史本人と、そのまま廊下の壁の前で談笑をはじめている。

その姿を見ながら総司は、心の中で首を竦めた。

あーあ、これだから大人はいやだ――。

3

二週間後総司は、回る順番を逆にした。

この前は、あともう少しというところで邪魔が入って最終目的に到達できなかったが、今日こそは沙織ちゃんを正々堂々とデートに誘うつもりだ。そして今日限り金輪際、こんな無料の奉仕活動とはオサラバだ――。

そもそもフィールドワークなんて、一回やればもう充分だ。そう思っていたのに、何と今日でもう三回目だ。もっとも体験するのとしないのとでは、確かに全然違うことはわかった。あの教授の言う通り、現場を体験したことによって、再提出したレポートの内容は明らかに具体的で良くなったし、選考進級の選考の二文字も無事に取れた。また同時に卒論のメドも立ったように感じる。考えてみれば来年の春、何とか就職も決まり卒業を待つだけという時に、大逆転の卒論落第を食らうよりはずっと良いのであり、教授には感謝をしなければならないだろう。

しかしメドがついた以上は、もう無償奉仕なんか真っ平御免である。もしもこれがバイク便のアルバイトならば、拘束時間はもちろんこれよりずっと長いものの、日当として一万円近くはもらえるのである。もちろん卒論は話を少し膨らませて、その後もしばらくフィールドワークを続けていたことにして書くことにする。どうせ裏なんか取ったりはしない——。

これまでよりも一時間以上早い配達に、さすがのカエ婆さんも冗談を言う余裕がないらしく、薄いぼさぼさの頭のまま出て来ると、免状をもらう小学生のようないつもの恰好で、おとなしく黙って弁当を受け取った。

合板製の薄いドアを後ろ手に閉めた瞬間、ひょっとすると婆ちゃんは、二週間に一度の俺とのお茶の会を楽しみにしていたかも知れないなと思って軽い罪悪感めいた気持ちに囚われたが、いやいやお茶を淹れるのだってあの婆ちゃんには一苦労なんだし、と考えて自分を納得させた。

それからしばらく順調に配達した。沙織ちゃんとの初デートはどこがいいだろう、やっぱり映画が無難だろうか、だけど何だかそれも平凡だなぁ、どこか良いところないかなあ、沙織ちゃんも楽しめて、同時に俺らしさも打ち出せるところ――。

もしも沙織ちゃんがブロンコの後部座席に乗ってくれるならば、連れて行ってあげたいところは山ほどある。だがさすがにいきなり後部座席に乗ってくれとは言い出しにくいし、そもそもその前に、ヘルメットをもう一つ買わなきゃならない。これまで後部座席に乗せる人などいなかったので、予備のヘルメットなど必要なかったのだ。

配達がスムーズなのは良かったが、このままだと終わるのが早すぎて、沙織ちゃんをつかまえるのに、また今日もしばらく厨房の隅でボケっと待つ羽目になりそうだった。それも何だかカッコ悪いなあと思っていると、オンカメ様の老婆につかまった。

だがさすがにもう布教は諦めたらしく、この日はオンカメ様については一切触れず、その代わりいきなり自分の身の上話をはじめたのだった。

こんなマンションに一人で住んでいる私のことを、あんたはさぞかしお金持ちだと思っていることだろうが、このマンションだけが私の唯一の持ち物で、他には何もない。

こう見えても私は若いころは町で評判の美人で、とある社会的な地位のある人の二号さんだった。あの人は私の身体を長年に亘って弄び、私に女としての色香がなくなるとポイと捨てた。このマンションをくれただけで、あとは一切関係ないと言った。私はあの人を一生許さない、残りの人生をかけて、呪って呪って呪い殺してやる——。

悪いけど急いでいるから俺行くぜ——そう言い残して総司は腰を浮かした。これ以上話に付き合っていたら、一体何時間かかるかわからない。言うに言われぬ苦労をしましてのうなどと言いながら、言うに言われぬ筈のその苦労を、五時間でも六時間でも喋り続けるのが老人だ。いやもちろん世の中の老人すべてがそうだとは言わないが、この人はまず間違いなくそうだ。

それに自己申告で美人だったと言われてもなあ。男と女のことはよくわからないけど、現在のお姿を拝見する限りにおいては、このマンションをもらっただけでも、もう十二分にお釣りが来るんじゃないの？

それが起きたのは次のアパートだった。外階段を上り、呼び鈴を押したがしばらく応答がなく、玄関の鍵を開けてもらうのに手間取り、やっと弁当を渡して下へ降りて来た時、一目でやられたとわかった。

行って弁当を渡して戻って来るまではほんの数分間のことだし、岡持ちごと全部持って階段を登るのは正直言ってかったるいし、それに頭のどこかに、まあ大丈夫だろうという気の緩みがあったことは確かだった。盗る方がそんな区別をする筈などないのだが、何となくこういう善意の品に限っては大丈夫に違いないと、素朴かつ単純に思いこんでいたのだ。

黯然《あんぜん》とした気持ちでブロンコのシャシーにしばらく凭《もた》れた。地図を取り出して確認してみると——地図は毎回杉村女史が新しいものをコピーして用意してくれており、総司は運び終わった家から、ボールペンで線を引いて消していく方式を取っていた——盗まれた岡持ちの中には、ざっとあと十五軒分の弁当が残っていたはずである。

ブロンコのシートにゆっくりと跨り、エンジンをブルンブルンと空ぶかしして、タコメーターの針が上がったり下がったりするのを凝《じ》っと眺めた。しかし結局公民館に戻ってありのままを報告する以外、何も案は浮かばなかった。

杉村女史は厨房の隅で生ゴミの袋の口をしばっていた。総司の話を聞くと、赤い眼鏡の奥の丸い目をさらに丸くしながら、まあと小さく叫んだ。

「警察に届けましょうか」

「ううん」

だが杉村女史は首を横に振った。

「どうせ何もしてくれないわよ。あれこれ質問されて時間を取られるだけ」

そう言うと携帯を取り出して仕出し屋らしき番号にかけると、大至急でお願いと言いながら十五人分の弁当を注文した。

「礒田クン、時間は大丈夫？　仕出しのお弁当が来たら、もう一回行ってくれる？」

「はい、それくらいはもちろんやります。油断していた俺の責任ですし……」

「じゃあついでにもう一つ、お願いがあるんだけど」

「何ですか」

「悪いけどその時、後ろに乗せて行って貰えるかしら」

杉村女史はそう言って顔の前で拝むように手を合わせた。

「でも、ヘルメットが一つしかないんですよ」

「いいからお願い。事情を説明して、手作りじゃないお詫びをしなきゃいけないから」

口ではお願いと言いつつも、その口調には有無を言わさぬ力があった。食べ方に注意してもらうように言わないといけない。仕出し屋のお弁当をいつものお弁当のつもりで食べたら、お年寄りたちが喉に詰まらせたり、消化不良を起こすかも知れないと言うのである。

弁当が来た。岡持ちを下げるための仕掛けをプラスのドライバーで外し、女史が後部座席に乗りやすいように、大きく車体を傾かせながら総司は肩越しに訊いた。

「と言うことはいつものお弁当は、作り方が特殊なんですか？」

「もちろんよ！」

杉村女史は珍しく強い口調で言うと、横向きではなく、生成りの麻のスカートを翻して、パッセンジャー・シートに堂々と跨がった。弁当が十五個も入った大きな袋を胸の前で抱え、空いているもう片手を総司の腰に回してしっかりと摑まって来る。その一連の動きは実にスムーズで、箱入り娘がそのまま人妻になったかのようなその外見とは裏腹に、この人は若いころバイクの後部座席に何度も乗った経験があるのに違いないと総司は思った。

「お魚は軟らかくするために二度揚げにするし、肉は柔らかい牛のイチボやランプ肉、豚のモモ以外は使わないわ。野菜だって人間の手で一つ一つ筋を取ったり、ミキサーにかけたりしてから調理しているのよ」

「知りませんでした」

まさかそこまでしていたとは——。

万が一の時のことを考え、ヘルメットは杉村女史にかぶって貰い、自分はライダースーツのポケットに入れっぱなしになっていたバンダナを頭に巻いた。道路交通法違反だが、警察の目をほんのちょっとでも誤魔化せるかも知れない。

「だからお弁当作りに朝から昼まで、優にかかるんじゃない。でも一度はじめたことは止められないし、手も抜けないの。そういう細かいところで、本当にお年寄りのみなさんのことを考えているかどうかの差が出るんだから！」

一軒一軒の家で、杉村女史は事情の説明とお詫びを言いながら、老人たちに弁当を手渡して行く。いつもの二倍か三倍の回数嚙むようにして、ゆっくり食べてくださいね。必ずお茶か何かと一緒にね。あわてて飲み込んじゃダメですよ。そんな細かい注意を付け加えながら、身体の具合を尋ねて励ましたり、そんな弱音を吐いちゃあダメと軽く叱り付けたりする。

いま運んでいるこれらの弁当は、恐らくすべて杉村女史のポケットマネーによるものなのだろう。元々お年寄りからは一円も取っておらず、一般からの寄付と地域福祉振興基金からの助成金で全てまかなっているという話なのだ。仮に今日の給食は事情により中止にしますと一方的に通告したところで、老人たちから文句を言われる筋合いは全くない筈なのだが——。

次の部屋の前についた。

ドアをノックすると、あいとるよという弱々しい声が中から聞こえた。

杉村女史がドアを開けると、がらんとした部屋の真ん中で、薄い煎餅蒲団にくるまった爺さんが、苦しそうにうんうん唸っていた。

「どうしたの？　ヤハギさん？」

パンプスを脱ぐのももどかしく、杉村女史が老人の枕元に駆け寄るのを、総司は玄関先で弁当の袋を手に持ったまま、ぼんやり立って眺めていた。それは初回の時、ずっと待っていたのに遅かったなあと文句を言い、挙句の果てに総司を引きとめて嫁の悪口をべらべら喋り出した、あの口の臭いいけすかない爺さんだった。

爺さんがもぐもぐと何かを喋った。総司は全く聞き取れなかったが、あの鼻が曲がるほど臭い筈の口に、思い切り顔を近づけた杉村女史には、意味が通じたようだった。

「もう十日も出ないの？　まあ、それは大変」

杉村女史は、慌てた顔で総司の方を振り返った。

「ねえ、ゴム手袋と綿の手拭い買って来て」

そう言うが早いか、襷《たすき》がけに提げていたハンドバッグを開けると、中からクレージュの財布を取り出した。

「急いで！」

財布を押し付けられた総司が、言われるがまま雑貨屋にブロンコを飛ばして戻ると、杉村女史は床に新聞紙を敷き、その上に置いたお風呂用の盥《たらい》に、沸かしたお湯を入れて待っていた。まるで赤子でも取り上げそうな雰囲気だが、もちろん出すべきものはそんな良いものではない。杉村女史は総司からゴム手袋を受け取って手に嵌《は》めると、横向きに寝ているヤハギ老人に近づき、力を抜いてくださいねと言いながら、そのパジャマと下着を膝のあたりまで下げた。

老人の肉の落ちた貧相な尻が剝き出しになった。腹は出ているのに、お尻の肉は削《そ》げ落ちてしまっているのだ。杉村女史は自分のバッグからワセリンらしき小瓶を出して蓋を取ると、指先にその中身をちょっとつけてから、老人の肛門にゆっくりと差し入れた。

「楽にしていいのよ、楽に。そうそう、力を抜いてね」

最初の二回はうまく行かなかった。だが女史が三回目に指を入れる角度を変えると、老人がうーんと唸り、あたり一面に臭気が漂った。

手袋を嵌めた杉村女史の細い指が、老人のかちかちの大便を掻き出したのだった。

「手拭いを寄越して！　早く！」

総司が我に返って手拭いを渡すと、杉村女史は掻き出した便をビニール袋に入れ、それを片手に持ったまま、空いた手で手拭いを盥のお湯に浸すと、老人の肛門のまわりを丁寧に拭いた。

「楽になった？　ヤハギさん？」

禿頭の爺さんが、横向きのままうんうんと頷くのを確認してから、女史は便の入った袋を持ってトイレに消えた。中から水の音が聞こえて来た。全てがあっという間の早業だった。

老人の尻を拭いて糞便まみれになった手拭いは、また別のビニール袋に入れて、その口をきつく縛った。自宅に持ち帰って洗濯するのだろう。

一方ヤハギ老人は、さっきまでとはうって変わって一人すっきりとした顔になって、もう弁当を食べ始めている。そんな老人に杉村女史は、そんなに急いで食べたら消化が悪くてまた苦しくなるわよと優しく諭してから家を出た。

無言のまま並んでアパートの階段を降りたが、停めたブロンコの前に着いた時、総司は意を決して口を開いた。

「あのお……一つ訊いてもいいですか」

「なあに？」

杉村女史は、赤い眼鏡の奥の目を丸くして総司を見た。

「杉村さんは、どうしてそこまでできるんですか」

「どういうこと？」

「だからその……どうしてそこまで、赤の他人に対して献身的になれるんですか」

前々から一度訊いてみたいと思っていたのだ——。

だが杉村女史は返事をせずに、ぼんやり空中を眺めている。

選考進級を告げられたあの日、指導教授の研究室を悄然と後にした総司は、その足で公立図書館に寄って、『ボランティアの手引き』なる本を借りたのだった。全く何がフィールドワークだよ。別に実地の体験なんかしていなくたって、本やネットで調べてまとめればそれでいいじゃねえか。去年卒業したゼミの先輩に、死刑制度の是非の問題を卒論にして無事卒業した人がいたけれど、あの人だって、まだ一度も死刑になったことはない筈だぜ？　そんな阿呆なことをブツブツ呟きながら、巻末に載っているボランティア団体の電話番号をざっと眺め、とりあえず自分の家から近そうな団体に、上から順番に電話をしてみたのだった。

だがどれも対応がいまひとつだった。最初にかけたところでは、代表者が今いないのでかけ直してくれと言われた。最初から冷やかしだろうと決めてかかっているような感じのところもあった。

特別養護老人ホームでの、シーツ交換のボランティアを紹介してくれた福祉事務所は感じは良かったのだが、いかにも陽の当たらない感じの作業なので、二の足を踏んだ。

「はあ……シーツ交換……ですか」

「いえ、換えるだけじゃなくて、洗濯したり畳んで整理したりもするので、意外と力が要るんです。だからなるべく男性が良いんですよ」

総司はそれを聞きながら、受話器に押しつけている耳たぶの後ろをポリポリと掻いた。

うーん、まあやってもいいんだけど、もうちょっと、何かないのかなあ。お金が貰えるんなら、どんな地味な仕事でも我慢するけど、完全なボランティアなんだからさあ。もうちょっと派手で、テレビのドキュメント番組とかで、取り上げられそうなやつ。

気を取り直し、快活な声を出した。

「他にはありませんか」

電話の向こうでファイルを捲る音。もしドキュメント番組の中で、奉仕活動に勤しむ俺の姿が映ったら、それを観た友人たちや家族は、俺が黙ってそんな活動をしていたことを知って、俺の謙遜の美徳に心打たれることだろう。「あんたは結局自分のことしか考えてないんじゃない！」そう言って俺の許を去って行ったかつての彼女も観るかも知れない。そして自分の言葉の間違いを悟ることだろう——。

「そうですね……お年寄りの巡回入浴サービスのホームヘルパーも募集してます」

「お風呂に入れるんですか」

老人たちの弛んだ皮膚や、老人斑だらけの肌が、脳裏に浮かんだ。

「はい、そうです」

「……体を洗ったり、拭いたりもするんですか……」

「ええ、もちろんです」

「他にはありませんか」

「他にですか」

電話の女性の声が少し不満げに変わるのを、総司の耳は聞き逃さなかった。

「あ、少々お待ち下さい」

来客があったらしく係の女性は受話器を置いた。

そのまましばらく総司は待ったが、複数の跫音《あしおと》と男の甲高い笑い声が受話器の向こうから聞こえてきた瞬間、何だか急にバカらしく思えて、衝動的に電話のフックを押してしまっていた。

ツーという音を聞くと同時に、後ろめたい気分になった。

やっぱり俺は、ボランティアなんてできない人間なのかな――。

もちろんそれを肯《がえん》じることは、自分のプライドが許さない。そうじゃない。俺が電話を切ったのは、寝たきり老人の脂や排泄物の染み込んだシーツを洗って乾かしたり、見ず知らずの老人の染みだらけの身体を、完全無報酬で洗うのが嫌だからじゃない。断じてそうではない！　税金で運営されている公共施設のくせに、電話の応対の感じが悪かったからだ。そうだそうだ！

従って総司がそのすぐ下にあったひまわり給食サービスの番号を押したのは、このままだと確実に自己嫌悪に陥ってしまうことを感じて、それを避けるためという理由が大きかった。

「……あのう、ボランティアは常時募集しているって書いてあるんで、電話してみたんですけれど……」

「はいはいはいはい」

電話の声は、若々しく弾んでいた。まるで生まれてはじめて電話を受けたような声の調子だった。

「ご存知のことかと思いますけど、うちは給食サービスの団体なんで、その配達のボランティアが必要なんです！」

「はあ。つまり食事を運ぶんですね」

「そうなんです！　一緒に料理をしてくれる若い女性ボランティアは多いんですけど、お弁当も二十個三十個となるとかなり重いし、平日の昼間に配達して下さる方は、なかなか見つからなくて」

若い女性ボランティアというところで、背中がぴくりと勝手に反応した。

電話の声はさらにこう続けた。以前は公民館を借りて直接給仕をしていたんですけど、足腰の弱いお年寄りも多いので、去年の夏から給食サービスに切り換えたところなんです。今は近いところは手分けして自分たちで運び、遠いところは地元の民生委員にお願いしているんですけど、民生委員も高齢なので、ちょうどもう一人配達要員が欲しいなと思っていたところなんです——。

総司はそれを聞きながら、あれやこれやと想像を逞しくした。男手がいなくて困っている若く美しい女性ボランティアの集まり——実は先方は、〈美しい〉とは一言も言っていなかったのだが、総司の想像力はその三文字を勝手につけ加えていた——そこに俺が颯爽と登場して仕事を手伝う。

うむ、悪くない——。

「あのう、大事なことなんですが、免許はお持ちですか」

「ええ、二輪の免許なら」

「キカイの方は」

「えっ？　何ですか？」

「ですから二輪のキカイの方は」

ああ——キカイという言い方が素朴すぎてわからなかったのだ。

「持っています。２２５ｃｃですけど」

「ああ、良かった！」

電話の声は、まるで飛び上がらんばかりだった。

そこで、とにかく一度《本部》に遊びに来ませんかという言葉に乗って、軽い気持ちで訪れたところ、《本部》とは何のことはない電話に出た女性の自宅で、紅茶とサンドウィッチを囲みながらメンバーの女性五、六人で歓待してくれたのだった。大学のこととか趣味のこととか、総司の言うどうでも良いことの一つ一つに全員が頷き、大して面白くないとわかっている冗談を飛ばしても、全員が笑ってくれた。

若々しく張りのある声に、幾許《いくばく》かの期待を抱かせた杉村女史本人をはじめとして、めちゃくちゃ痩せてる竹之内さんや、肉付きの良い大河内さんなど、そこにいた全員が三十代後半から四十代または五十代の主婦だったが、下にも置かない扱いを受けて気分が悪かろう筈はない。参ったなあ。これでやめたら人非人だよなあ——その日は頭を掻きながら家に帰ったものだった。

女史の家は大きな一軒家で、通された応接間のセットはふかふかのクッションの本革張りだった。作りつけのガラス・ケースの中には、製薬会社の重役だという夫のゴルフコンペの優勝トロフィーや、槃根錯節《ばんこんさくせつ》の木の根を彫った見事な置き物などが飾られており、なるほど要するにこの人にとってボランティアは、金持ちの道楽および罪滅ぼしなんだろうなと総司は勝手な想像を巡らせたが、その女史本人は赤い眼鏡の奥の大きな目で総司を凝《じ》っと見つめながら、「当日はお若い人も大勢みえますわよ」と言って来る。そしてその言い方が、いかにも今日はおばはんばかりで申し訳ないという感じなので、総司は何だか逆に苛々したものだった。あんたたち、世の為人の為になることをしてるんだろう？　だったらもっと堂々と胸を張っていれば良いじゃないか——。

　さらに不思議なことは、そこに集まっていたほぼ全員が、ボランティアの掛け持ちをやっていることだった。杉村女史はここ以外にも、視覚障害者のために本を録音テープに吹き込む、図書館での朗読奉仕をやっていると言うし、肉付きの良い大河内さんは、赤十字奉仕団の点訳講習会で、本を点字に訳す勉強をしている最中だと言う。名前は忘れたがその場にいたもう一人の中年女性は手話ができるとかで、学校の特別クラスで手話劇を上演するボランティアをやっていると言った。

　どうやらボランティアとは、やらない人間は全くやらないものの、一旦はじめると、幾つも掛け持ちでやりたくなるものらしいのだ。

　そんなに気持ちが良く、充実感があるものなのだろうか？　この機会にその謎を解いてやろうとも思った。

ところがその杉村女史が、今は珍しく総司の問いに返事をせずに、黙ってブロンコのシャシーを撫で続けている。総司は続けた。

「自分の親とかだったらまだわかります。俺は一人っ子だし、自分の親が寝たきりとかになったら、介護も下の世話もする覚悟はあります。でもそれだって、やっぱりできることならやりたくないです。ましてや杉村さんみたいに、何の見返りもないのに赤の他人に対して一生懸命になるなんて、俺には到底無理です」

すると杉村女史は総司の顔を真正面から見つめ直し、それから意を決したかのようにハンドバッグを開けると、さっきのクレージュの財布をもう一度取り出した。

「あなただけに見せてあげるわ。あたしの宝物——」

そんな昭和の歌謡曲の歌詞みたいなことを言いながら、折り畳まれた小さな紙片を総司に手渡した。

それは何の変哲もない割り箸の袋だった。表におてもと、と書いてある。百円ショップで、一袋に五十膳くらい入って売られているようなやつだ。

だが裏を返すと、そこには走り書きされたような、稚拙なひらがなばかりの字が並んでいた。

おべんとうとてもおいしかったですよ
いつもほんとにありがとうございました

「あたしが発見したの……。亡くなってもう何日も経っていたわ。ただその袋だけが空の容器の中に入っていた。看取ってくれる人もなかったおばあちゃんが、最後に書いてくれたのが、あたしたちに対する感謝の言葉だったの」

そう言うと女史は言葉を詰まらせた。

「寝たきりで、お弁当も汁物のふたも全部開けて、手を伸ばせば食べられるように、セットしてあげなくちゃいけなかったの。娘さんが一人いるんだけど全然寄り付かなくて、旦那さんに先立たれてからは二十年近くずっと一人暮らしをしていたの。だけどとっても礼儀正しくて、立派なおばあちゃんだったわ……」

総司は紙片の文字を凝《じ》っと眺めた。

「死期を悟ったあのおばあちゃんが、たった一人の部屋で、亡くなる前にこれを書いたと思ったら胸が詰まったわ。大げさじゃなく、自分の体が動かなくなるまでこれを続けようと思ったの」

女史の赤い眼鏡の奥の丸い目から、大粒の涙が零れて白い頬を伝わった。

「だから逆なのよ。あたしの方がみなさんから生きる力をもらっているのよ。人間に生きる力を与えてくれるのは、いつも他の人間なんだもの……」

そう言うと女史は、眼鏡を外して目尻を拭い、それからゆっくり眼鏡をかけ直すと、照れたかのように赤い舌を小さく出した。

「ごめんね。しんみりしちゃって」

「いえ」

「いま言ったことは全部忘れてね。ちょっとカッコ良いことを、一度は言ってみたかっただけだから」

総司は思わず微笑んだ。自分の言った言葉に、自分で照れてしまう女史がとても可愛いと思った。自分の倍近い年齢の人を、可愛いと表現するのはおかしなことかも知れないが——。

「俺、謝らないといけないです」

「え?」

「いやあ実は俺、今だからこそ言いますが、はじめて杉村さんの家に行った時、ボランティアは金持ちの道楽かなんて、そんな失礼なこと思っちゃったんです」

「まあ、そんなこと思っていたの!」

女史は一瞬唇を尖らせるようにしたが、すぐにいつもの穏やかな顔に戻った。

「でも、その通りかも知れないわ」

「え？」

「最初はそうだったの。竹之内さんが中心になってやっているのに誘われて、主人が休みの日ごとゴルフに行くのなら、その間あたしも何かやりたい、そう思ってはじめただけなの」

「はあ、つ、いや竹之内さんが……」

「そう。子供も手から離れちゃったし、習い事なんてどうせ自己満足で終わることがわかり切っていたし、何でも良いから他人様《ひと》の役に立つことがしたかったの。この国では、老人ホームに入れるお年寄りはまだ恵まれているわけでしょう？　それじゃあとりあえずホームにも入れない独り暮らしのお年寄りのために、何かできることはないかしら——そう思っていた時に、竹之内さんに誘われてね」

「でも今は、杉村さんが名実共に会の代表でしょう？」

「竹之内さんは義理のお父さんが呆《ほ》けてしまって、その介護が大変らしいのよ。だから今はとりあえず、あたしが代表ということになっているだけなのよ」

するとと鶴の杉村女史に対する反感は、会の実権を握られたことによる逆恨みのようなところから来ているのだろうか？　善意のボランティア団体だから、みんな仲良しだろうというのは幻想にすぎないことは、大学生にもなればさすがにわかる。

「本当に大変らしいの。ひどく呆けちゃって、自分のした便を手で握りしめていたり、ひどいときには食べちゃったりするんですって」

「うわあ。どうするんですか、そういうとき」

「後ろにファスナーのついているつなぎの服があるでしょう？　今は昼間独りにするときは、あれを着せているみたい」

拘束服のような服を着せられた老人が、たった一人部屋の中で、芋虫のように床に転がっている情景を総司は思い浮かべてみた。

それは想像しただけで憂鬱になる光景だった。医学の進歩は人間を幸せにしたと固く信じていたが、そこまで長生きすることは、果たして人間にとって本当に幸せなことなのだろうか？

「だけど、そもそもどうして給食サービスだったんですか？」

「だからそれを考えたのも竹之内さんなんだけどね、でもとっても良いアイディアだと思うわ。だってお弁当を運ぶというのは、結果として一軒一軒を巡回することになるわけだから、何かあったとき、すぐに対応ができるでしょう？　ほら、この前も一人、救急車で運ばれた人がいたじゃない。あの方も、やはり発見が早かったから助かったのよ」

「ああ、なるほど。確かにそうですね……」

「それに」

女史はそこで一瞬言葉を切ると、悪戯っぽく笑いながら続けた。

「それにやっぱり人間、食事が一番の楽しみになるでしょう？　ある年齢を過ぎれば」

その笑顔はちょっと色っぽく、総司は少しどきりとした。

「献立を全部憶えているお年寄りの方もいますよ。今でも四ヶ月に一度の特別メニューの時は、足腰が立たない方以外は公民館に来てもらって直接給仕することにしているんだけど、五月に出た楤《たら》の芽の天プラは絶品だったとか、そのとき克明に感想を言ってくれるの。今日だって本当のことを言うと、一番悔しいのはそれだわ。今日のほうれん草のおひたしの寒天寄せは、あたしの会心のメニューだったのに！」

その時前方から一台のバイクが、かなりのスピードで走って来て、二人のすぐ脇をすりぬけて去って行った。マフラーを外しているらしく、ものすごい爆音だった。

　何だか車高が低いな、と思ってすれ違いざまに確認したところ、案の定リアサスペンションの代わりにリジッドバーを取り付けた改造バイクだった。およそ十センチは車高が下がっている。おいおい、そのままじゃ車検通らねえぞと総司は思った。

改造バイクが巻き上げた砂ぼこりに咳き込んだ女史は、なお漂っている砂塵の中、目を細めながら振り返ってそのバイクの後ろ姿を確認し、それから急に暗い表情になって言った。

「でも難しいのよね。福祉とか介護は、これからものすごく大きなビジネスになって行くと思うから」

「ああ、何かいま、国会で審議しているみたいですね、福祉何とか法案。良いことなんじゃないんですか？」

「逆よ。あれが通っちゃったら、もうあたしたちの活動なんかに協力してくれる人は、誰もいなくなっちゃうわよ」

「そんなことはないですよ」

「厭な時代が来るわよ。人助けもボランティアも、全てがお金で換算される時代が」

「はあ……」

よくわからないので総司は言葉を濁した。

「そもそも老人ホームに入るのに、高額な費用がかかるってこと自体、まちがっていると思うの。まるで貧乏人は一人で死んで行けって言っているようなものじゃない？　何とかして欲しいわね、行政には」

「でも給食サービスってのは、どんな人にも喜ばれますし、協力したいという人は、今後も絶対に現れますよ」

気がつくと自分の方が、あべこべに杉村女史を宥める役に回っていた。また同時に、既に自分は辞める前提で話していることに気付いた。

「なら良いんだけどね……。実はこの前の日曜日もね、配達を手伝いたいっていう若い男性が一人来たのよ」

「ほら、やっぱりそうじゃないですか」

何だか話に一貫性がないな。でもこれで心置きなく辞められるな——そう思いながら総司は快活に言った。

「で、いつから来るんですか？」

「それがねえ、ダメなのよ」

だが女史は顔を顰《しか》めながら、首を静かに横に振った。

「ちょっと不安なのよねぇ。最初から配達を任せるのは。だからとりあえず材料の買出しと、後片付けの方を手伝ってもらうことにしたんだけど……」

「だけど僕のときは、いきなり最初から……」

「あなたは大丈夫だったわ」

総司は笑いながら言ったが、女史はその言葉を遮って続けた。

「初めて会ったときからわかったもの。あなたは任せて大丈夫な人だって」

総司は面食らった。任せて大丈夫な人？　この俺が？　そんなこと言われたの、自慢じゃないが生まれて初めてだぞ？

「いやいや、それは買い被りすぎです。俺なんか、本当にいい加減な奴ですよ。黙ってましたけど、実はこの弁当運びをはじめた本当の動機も、大学の卒論のためだし」

「でも、変わったでしょう？」

「え?」

「まだ三回か四回だけど、あなたはものすごく変わったわ。顔つきからして、まるで別人みたいよ。実は最初家に来て貰った時は、あの人で本当に大丈夫? と心配する人も中にはいたの。でもあたしは確信していた。あなたは任せて大丈夫な人だって」

「はあ……」

「大変なことなのよ。朝からみんなで何時間もかけて作ったお弁当の、配達を任せるというのは。決して誰でも良いってわけじゃないの。だって途中で配達するのが面倒臭くなって、公園のゴミ箱あたりに弁当を捨てて帰っちゃっても、あたしたちにはわからないんだから」

「考えてもみませんでしたが、確かにそうですね……」

「でしょう? 考えたこともないってのは、あなたが任せて大丈夫な人という証明なのよ。あたしは教養はないけれど、人を見る目だけはあるんだから」

女史は眼鏡の赤いフレームを片手で持ち上げ、位置を直した。

「でもこの前来た人はダメ。本当は今日から来てもらうはずだったのに、その人、今日も来ていなかったしね」

そう言いながら、周囲をきょろきょろ見回す。

「ものすごく大きい、真っ黒なバイクに乗っている人、見なかった?」

「ものすごく大きい？　ひょっとしてハーレーかな。いや見てない……と思いますけど……」

バイク乗りの習性として、ハーレーが近くを通ったら必ず目に留めると思う。だが今日は見た記憶はなかった。

「ひょっとしたら、今日お弁当を盗んだのはその人かも知れないわ。逆恨みってやつかしら」

「まさかそんな……」

「もちろんただのカンで証拠は全然ないんだけど。とにかく気をつけてね」

「はい……」

何だか居心地が悪くなった総司は、いつものパターンで冗談に逃げることにした。

「ひょっとしてその人、味や献立を盗もうとしたすずしろ会やかるがも会のスパイだったりして」

すずしろ会とかるがも会は、例の本の巻末に載っていた、他の給食サービス団体の名前である。

だがその途端、意外なことが起こった。

たとえ全財産を騙し取られても、しょうがないわねえと言って微笑んでいるのではないかと思われた、そんな温厚を絵に描いたような女史の顔が、みるみるうちに険しいものに変わったのだ。

「すずしろ会？　まさか？　もしそうだとしたら、絶対に許さないわ！」

まるで叩きつけるような口調で、ぴしゃりと言った。

「そもそもあそこはお年寄りから一回四〇〇円も取っているくせに、献立が偏っているの！」

「そ、そうなんですか？」

「味つけも若向きなんだもの。あの人たちは結局自分たちが食べたいものを作っているだけなのよ。思いやりがないのよ！」

「はあ……」

「そうよ。かるがも会はもっとひどいわよ。配達は一切やらないの。どんなに遠くて足の不自由な人でも食べに来いと、そういうことなのよ。あれで本当にお年寄りのことを考えていると言えるのかしら！」

ゴム手袋越しとは言え、やはり手に臭いがつくのは避けられなかった。そこで残りの家では、女史に代わって総司が弁当を手渡した。

この人でも、あんな顔をすることがあるんだな――。

やはり人間というのは一筋縄では行かない。俺はまだまだ絶対的に経験値が足らない――。

総司はミラー越しに杉村女史の顔を時折盗み見ながら、ブロンコをゆっくりと転がして公民館に戻った。

第三章

老婆は一日にして成らず

Non《ノーン》 uno《ウーノー》 die《ディエー》 *Roba*《ローバ》 aedificata《アエディフィカータ》 est《エスト》.

1

テレビの中の光景が信じられなかった。

だが間違いない。実況担当の名物アナウンサーが、大外からスーパーエミュウ！　スーパーエミュウ！　正に大番狂わせ！　こんな差し脚見たことない！　などと絶叫している。ゴールの瞬間は茫然としていた。あまりのことに一瞬幼時に退行し、あ、お馬さんがいっぱい、お馬さんお馬さん、ぱからんぱからんぱからん、などと呟いた気もするが、それも正直言うとよく憶えていない。最後の馬が大分遅れてゴールインして、テレビの画面がCMに切り替わり、そのCMも終わって再び中継の画面に戻ってからようやく正気に戻り、昨日大学の帰りに場外馬券場で買ってきた勝馬投票券の番号を、震える手で確かめる。

間違いない――。

思わずガッツポーズをする。大穴だから単勝でも五十四倍。信じられない。この小さな紙切れ一枚が、五十四万円に化けたのだ！

――

その日の夕刻近く、カエ婆さんの部屋の合板製の薄いドアを、総司は興奮冷めやらぬ面持ちでノックした。手には近所の有名な和菓子屋で買ってきた大福の袋がある。ドアノブに手をかけると、今日もまたあっさりドアが開いた。

「不用心だなあ、婆ちゃん。鍵かけてないの？」

まあそもそも盗まれるようなものは何もないしなあと思いながら玄関に入ると、上がり框《かまち》のところに、宛て先の書いていない茶封筒が置かれてあるのが目に入った。何の封筒だろうと思いながら視線を上げると、部屋の真ん中で振り返ったカエ婆さんが、驚愕の表情を泛《うか》べて自分を見詰めている。

「お前さん来《く》んの、まんず、今日だっけが？」

そう言いながら頭に手をやって、脂気の全くないぼさぼさの蓬髪《ほうはつ》を、慌てて整えようとした。

「いや、今日はお弁当の日じゃないよ。遊びに来たんだよ」

「何《ない》だまず。びっくりさせんなず。一人暮らしのれでえの部屋に、いきなり大胆だこと」

「れでえ？　ああ、〈レディー〉ね。うーん、まあ冗談はさておき、今日はお礼を言いに来たんだよ」

「礼？」

カエ婆さんは怪訝そうな顔で総司を見た。

「ええっと、何から話そうかな……。とにかくうまい大福買ってきたからとりあえずそれ食おうぜ。あ、いいからいいから。今日はお茶も俺が淹れるからさ」

「何《な》だか優しすぎて気色悪《わり》いな」

「まあそう言わないで座っていてくれよ。今ちゃんと説明するからさ」

勝手知ったる他人の家で、婆ちゃんの後ろを通り抜けてまっすぐ台所に立った総司は、一度沸騰させたお湯の温度が少し下がるのを待ってから急須に注いだ。たったこれだけで、いつもより少しは旨いお茶になる筈である。婆ちゃんがその違いに気づいて、今後淹れ方に目覚めてくれれば良いんだけどな——。

とりあえずお茶が入り、いつものように卓袱台を挟んで向かい合わせに座った。

「実はさ、今日のGIレースで、スーパーエミュウが勝ったんだよ！」

総司は満を持して話し出した。

「何《な》だまず、ほいづは」

「十番人気ぐらいの大穴なんだよ。友達はみんな鉄板レースだとか言って、本命から連勝で流し買いしていたんだけど、俺だけ一点買いでスーパーエミュウの単勝に、一万円突っ込んでいたんだよ！」

「何じゃ、要するに馬《うま》コか」

カエ婆さんは一瞬にして興味を失ったさまを露骨に示したが、総司は構わずに続けた。

「いいから聞いてくれよ！　凄かったんだから！　それまで集団の後方に沈んでいたスーパーエミュウが、第四コーナーを回って最後の直線で、大外から並みいる強豪をごぼう抜きにしたんだから！　もちろんGIレースに出走できるくらいだから、全くの無名馬ってわけじゃないんだけどさ、それにしてもあんなすごい差し脚持っているなんて、賭けた俺だって知らなかったよ！　間違いなくGI史上に残る名レースだよ！」

「んだがした」

だが婆さんの反応はやはり鈍い。

「とにかくすごいレースだったんだって！　婆ちゃんも、騙されたと思ってレースだけでも見てみなよ。夜の競馬ダイジェストで絶対にやるから」

「何時からや」

「えーと、あれは何時だったかな……深夜だけど」

茶を啜りながら、畳の上の新聞を引き寄せて確認しようとした。カエ婆さんは呆れたような表情で、いつもの一揃いを卓袱台の下から引き出すと、刻み煙草の葉を悠然とキセルの火皿に詰めはじめている。

「あんまし夜遅いのはダメだぞ。夜更かしは美容に悪《わり》いからな」

指が熱い。気がつくと、茶碗を持つ自分の手が小刻みに震えていた。目の前の新聞のところどころが、突如真っ黒になった。

「そ……それもそうだな。す、睡眠不足は……お肌に悪いって言うもんな」

慌てて茶碗を持ち替え、熱い指の先を振りながら茶碗を卓袱台の上に一旦戻す。

「んだ。そろそろお肌の曲がり角だがらな、気いつけねど」

うーむ……。皺の中に埋もれているようなカエ婆さんの顔を見ると、もう二〇〇回くらい曲がり角を曲がって、元に戻っているような気がしないでもないが――。

「じゃあレースは見なくて良いよ。で、ここからが本題なんだけどさ、婆ちゃん、アナグラムって知ってる？」

「なぬ？」

カエ婆さんは耳に手を当てた。

「ア・ナ・グ・ラ・ム」

怪訝そうな顔で首を横に振る。

「しゃねなー。ほっだな卑猥なもの」

「ぜ、ぜんぜん卑猥じゃないよ！」

思わず声が裏返った。

「た、単語の文字の順番を入れ替えることで、別の意味にする遊びだよ！」

「んだがした」

「たとえばさ、木曾義仲《きそよしなか》っているだろ、源氏方の武将の一人で、平家を破るのに大活躍したのに、その後同じ源氏の頼朝《よりとも》や義経《よしつね》に討たれて、みじめな死に方をした奴」

「会ったことはねえみてえだな」

「そりゃあそうだよ！　いくらばあちゃんでもそれは無理だよ！　大昔の人なんだから！」

「んだがした」

　早くも徒労感を覚えはじめていた総司だが、気を取り直して続けた。

「その木曾義仲の字をばらばらにして並べ替えると、〈悲しき世そ〉になるんだよ。これがアナグラムさ。もちろん日本語だけじゃなくて英語でもできる。ていうか元々あっちが本場かな。たとえばイギリスだかどこかに、エドマンドベリー・ゴッドフレー卿っていう、悲惨な最期を遂げた貴族がいるんだけど、このサー・エドマンドベリー・ゴッドフレーの綴りをアナグラムすると、何と驚いたことに、〈私は暴徒に殺された《アイ・ファインド・マーダッド・バイ・ローグス》〉になるんだってさ。つまり名前の綴りの中に、あらかじめその人の運命が予言されていたってことになるわけだ。どう？　俺の言っている意味わかる？　小説家の中には、自分の本名をアナグラムにして、それをペンネームにした人も結構いるみたいだよ」

これ以上はないというほどわかりやすく説明したつもりだったが、カエ婆さんの反応はやはり鈍い。

「んだがした。さすが大学行ってる人は違うなあ」

「からかわないでくれよ。それでさ俺、このところ競馬の予想が外れ続きだったから、半ばやけくそで、知っている人の名前をいろいろとアナグラムしてみたわけ」

「んだがした」

キセルに葉を詰め終わった婆さんは、ゆっくりと顔を擡《もた》げた。

「でもさ、当たり前のことだけど、なかなか意味のある言葉なんかにはならないわけ。友達とか親戚とか、片っ端からいろんな人で試してみたけど、だめなわけ。で、ふと玄関の表札で見た婆ちゃんの名前を思い出して、それでやってみたわけ。婆ちゃんの名前、内海カエだろ？」

「んだんだ」

「アナグラムしてごらんよ、〈エミウ勝つ〉になるだろ？」

「ほげっ」

カエ婆さんが噎《む》せるように吹き出した。その勢いで入れ歯が上下共々、半分近く飛び出しそうになり、慌てて口に手を当ててそれを押し戻す。

「ほ、ほんで買ったのか、馬コの券を、一万円も？　まんずおめえさんと来たら、実におめでたいやつだなあ」

そんな憎まれ口を叩きながらも、カエ婆さんは実に嬉しそうである。考えてみると総司が婆さんを笑わせたのは、これが初めてのことである。その逆はこれまで幾度となくあったものの——。

「そりゃあ俺だって馬券を買う時は、何バカなことやっているんだろと思ったよ。でも信じて買って、その結果見事適中させたんだから、むしろ凄いと言って欲しいなあ。それでいちおう婆ちゃんのお蔭だと思ったから、こうして大福持参でお礼に来たんじゃないか。この和菓子屋、いっつも行列ができているところだからさ、絶対に美味いと思うよ」

「ほんで一体なんぼ儲かったのや？」

カエ婆さんは、珍しく卓袱台越しに身を乗り出した。

「よくぞ訊いてくれました。配当は五十四万円。元手が一万円だから、なんと五十三万円の純利益さ」

「何《な》だ《い》お前、ほんでたったの大福四つか？　店ごと買って来なんねったべず、このやろこ！」

《買って来なんねったべず、このやろこ》とは標準語に直せば、《買って来なくてはならなかったのではないのか、若者よ》という意味だろう——婆さんはそんな憎まれ口を叩きながらも、見える方の左目を嬉しそうに細めた。

「んだげんと、名前で他人《ひと》様の役に立ったのは、まんず生まれて初めてのことだなあ」

「そうかい」

とりあえず話し終えたことに満足し、総司は大福を食べ始めた。一年ほど前に近所に突然できた店なのだが、これまで行列に並んでまで買う気にはならなかったので、総司もこの大福を食べるのは初めてだ。いつも午後の早い時間に売り切れて店じまいしてしまうのだが、今日はたまたま閉店直前に飛び込みで買えたのだ。

む、これは！

うむ、さすがだ。やはりあの行列は伊達ではなかった。矛盾する表現ではあるが、甘いのに甘くない——。

「どれ。んだらその金が無くなる前に、生きているうちに香典もらっておくことにすっかな」

「ふぐんべっ！」

嚥下《えんか》しかけていた大福が、もろに気管の方に入った。

呼吸が止まり、ゆるやかな流れの大きな河が見えた。あたり一面仄暗い中、河の水面だけが漣《さざなみ》でキラキラ光っていた。その河の向こう岸では、七年前に死んだおじいちゃんが手招きしていた。

総司はそのまま、目の前に舫《もや》ってある小舟に乗り込んだ。

小舟の渡し守は、黒い頭巾のようなものを目深にかぶっている。

渡し守が舟のロープを外し、手に持った棹で川底を突くと、小舟は辷《すべ》るように岸を離れた。河は流れているのに、小舟はまっすぐに進む。舟がそのまま静かに河を横切り、もう少しでおじいちゃんの待つ向こう岸に着こうとしたその瞬間——。

「今度、直前で雨があがった夜の十時から十一時の間に来て呉《け》ろ」

背中が痙攣《けいれん》し、げほげほと咳き込んだ。そしてその瞬間、引っかかっていた大福が取れ、気管に新鮮な空気が流れ込んだ。手招きしていたおじいちゃんは一転して手を逆に振って、総司にあっちへ戻れと合図した。

見るとカエ婆さんが中腰になって自分の顔を覗き込んでいる。総司はなおも時々咳き込みながら、耳の中にうっすらと残っている言葉を反芻《はんすう》した。

「ちょ、直前で雨があがった夜の、十時から十一時の間?」

「んだ」

「なして?」

つられて思わず東北弁になっていた。

「ちゃんと視《み》てやっからよ」

婆さんは薄い座蒲団に再び腰を下ろした。その顔は大真面目だが、この人は冗談を言う時にも大真面目な顔で言うから、どこまでが本気なのか判断が難しい。

「ちゃんと視るって？」

「何でも善《い》いから来いず。昼間だどあんましよくわからねのよ」

「でもどうして夜の十時から十一時の間なの？」

相手が若い女性だったら、下心はもちろん標準装備した上で、あらゆるオプションを色めき立ってフル装備してしまいそうな申し出である。

しかし相手は八十四のカエ婆さんであり、しかも直前に雨があがった後などという、面倒くさい指定までついている。正直、意味がわからない。

ひょっとしてボケはじめているんじゃないだろうか？

だが果たしてボケていたら、あんなギャグが飛ばせるだろうか？　あれは天然じゃない。計算されつくしている――。

「なしてもよ」

「わかったよ。もしも今度そういう日があったら、来てみるよ」

とりあえずそう答えた。

「わがたら善い。んだらとりあえず今日は、これ当たってねえか見て呉ろ。番号出ったはずだ」

カエ婆さんはそう言って宝くじを差し出した。

数えると全部で十枚あった。

「へえ、婆ちゃん、宝くじなんか買うの」

息を整えながら、総司はお茶で一部濡れている新聞を再び引き寄せた。当籤《とうせん》番号の発表欄を見つけ、一枚一枚照合して行く。きっと婆さんは、競馬で大穴を当てた俺に見てもらえば当たるのではないかと、泣きたいくらい非科学的なゲン担ぎをしているのに違いない。

だが渡された十枚は、残念ながら悉《ことごと》く外れていた。何度か見直したがやっぱりダメである。連番ではなくバラバラの番号を買っているので、最低賞金である下一桁すら当たっていない。

「うーん、残念だけど、全部ハズレだね。かすりもしてないよ」

「だめか」

カエ婆さんは小さな肩をがっくりと落とした。

それにしても新聞の小さな字で当籤番号を確かめるのも苦痛なら、宝くじなんか買わなきゃいいのにと思う。そもそも新聞だって取らなくても良さそうだ。

「なあ婆ちゃん、ニュースだったらテレビでも見れるし、新聞取っている意味あんの？」

「テレビは映らね」

「え、これ、壊れてるの？　何だ、それじゃあ競馬ダイジェストなんて、初めから無理なんじゃん」

「以前は映てだげんど、ある日突然、映らねくなった」

「それってひょっとして、地デジに対応してないってことじゃ……」

「何《ない》だそいず」

「…………」

「それにどうせ元々テレビはほとんど観ねえ。テレビは片目だとな、ものすごく疲れるんじゃ。新聞ならば休み休みしながら、丸一日かかってでも自分のペースで読めるじゃろ」

「ふうーん、そういうもんなのか」

「そういうもんじゃ。他にも理由はあっけどな」

「じゃあ新聞はいいとして、宝くじはどうかなあ？　宝くじ買うお金があるなら、まずこのヤカンだけでも新しいの買ったらどう？」

だがそれを聞くとカエ婆さんは、何故か急に怒り出した。

「やかますいわ！　馬券を買ってるおめえさんに、ほっだなこと言われる筋合いはねえ！」

「そりゃあそうだけどさあ……。宝くじって、ギャンブルとして見たら相当割が悪いんだぜ。期待値ってものがあってさ」

だがカエ婆さんの憤慨は収まらない。

「まんず、夢のないやつだな、おめえさんは。ヤカンなんぞ、お湯さえ沸けばそれで良いんじゃ！　だが宝くじは、もしも当《あだ》たら何すっべとか考えて、発表までずっとワクワクしていられっべな」

「それはそうかも知れないけどさあ……」

「おめえも長生きすっどわかるようになる。ヤカンが古くても生きては行ける。んだげんと、夢がねえど人間生きて行がんね」

「ふうーん」

総司は生返事をしながらほんの少し首を竦めた。うーん。これでもいちおうは、親身な忠告のつもりだったんだけどなあ……。

2

総司はこの日、大学へ行こうか行くまいか迷っていた。

今日は午後イチの社会学特殊という講義を、卒業に必要な単位の一つとして履修しているのだが、完璧ノートが手に入るアテがついている授業なので、必ずしも出る必要はない。ただ担当教員が時々思い出したように出席を取るので、どうしようかと思う。

ぐずぐずしていたら母親がやって来て言った。

「お前学校へ行くんなら、途中新宿に寄ってこれ貰って来ておくれよ」

渡されたのは、新宿にあるデパートのダイレクトメールの封筒だった。創業記念祭につき、この封筒持参の先着八〇〇名様に、オリジナルトートバッグをプレゼントと書いてある。総司は憤慨して叫んだ。

「こんなの知るかよ！　自分で行けよ！」

「だって今日は十一時から彫金教室だもの。いいだろ？　どうせ行く途中じゃないか」

母親は先月から駅前のカルチャーセンターに通いはじめ、毎週わけのわからないものを作って来るのだった。総司は封筒を持って家を出た。仕方ねえ、じゃあデパートに寄ってから大学に行くか――。

急行は混んでいた。やっと座れたと思った次の停車駅で、腰が曲がった見知らぬ老婆が、杖をつきながら乗って来た。座席が全部塞がっているのを見て、そのまま入口すぐ近くの手すりにつかまっている。

総司の右側に座っている二十代とおぼしきサラリーマンは、急に目を閉じて寝たふりをし、左側の女子高生は――よく考えるとこの時間帯に高校生が電車に乗っていること自体、不思議な気がするのだが――さっきから携帯用音楽プレーヤーで音楽を聴きながらメールを打つことに熱中していて、顔を上げる素振りすらない。総司は立ち上がると、隣の車両との連結部へ向かって黙って歩き出した。これみよがしに席を譲ったり声を掛けたりするのは、どうにも気恥ずかしい。

ところが見知らぬ老婆は動かない。座席の方を見てはいるので、席が空いたことには気がついていると思われるが、まるでゼンマイが切れてしまった人形のように、杖と手すりにつかまる姿勢のまま固まっている。

次の駅が近づいてきた。このままでは誰かに座られてしまう。総司がハラハラしながら見戍《みまも》っていると、ようやく老婆は動き出し、すり足で座席に近づいた。総司は吻《ほ》っと安心して、隣の車両でつり革につかまった。

新宿駅についた。東口に出る。土の中から湧いて出て来たかのような人の群れの中を歩き、百貨店入口のインフォメーションで封筒を見せながら聞くと、創業祭のプレゼントは八階の特別会場ですと言われた。

そこでエスカレーターで八階に上ってみたが、トートバッグとやらはもう影も形もなかった。会場のテーブルを片づけている男の店員は、開店の一時間前から行列ができて、開店後二十分で全部無くなりましたと鼻高々に言った。

自分がムダ足を踏んだ悔しさよりも、母親の見込みの甘さをざまあ見ろとあざ笑いたい心境で、下りのエスカレーターに乗った。シャワー効果と言って、デパートの上層階で目立つ催事があると、その下の売場全体が賑い、売り上げはアップする筈なのだが、無事トートバッグをゲットした筈の八〇〇名は、そのほとんどが貰うものだけ貰ってどこかよそへ行ったらしく、デパートの中は閑散としていた。

ところが三階の婦人洋品売り場に差し掛かったところで、総司は突如として母親に感謝したくなった。愛してるよ、ママン。

あの百合のように白く麗しい横顔。右目の下の泣きぼくろ。まちがいない――。

エスカレーターで、上からフロア全体を見下ろす位置にいたからこそ発見できたのだと言える。なかなかデートに誘うことができないでいたが、この広い都会で、しかも家の近くではなく新宿で会うなんて、やはり俺たち二人の間には何かある。こういうのを縁《えにし》が深いと言うのかな――。

総司はエスカレーターを降りると、髪を片手で整えながら、奥の売り場で財布を手に取って眺めている沙織ちゃんにゆっくりと近づいた。

やあ、創業祭のトートバッグ貰えた？

馬鹿。そんなダサイこと、口が裂けても言うんじゃねえぞ――。

やあ、買い物？

やっぱりそれが自然でベストだろうな――。

俺？　俺はね、実は沙織ちゃんへのプレゼントを買おうと思ってさ。

馬鹿。まだ付き合ってもいないのに、それは流石にやりすぎだろ。何焦ってるのと足元見られるのがオチだ。ここは素直が一番だ――。

いやあ大学に行く途中なんだけど、お袋にちょっと用事を頼まれちゃってさ。

いやいやいやいや待て待て待て待て！

大学生にもなって母親に用事を頼まれているなんて知られたら、マザコンだと思われる危険性マックスだろうが。いくら素直が一番と言っても、このケースで本当のことを言うのは絶対にまずいだろ！

などと、頭の中をフル回転させて最初の会話をシミュレーションしているうちに、こちらに背中を向けている沙織ちゃんとの距離は、いつしか数メートルになっていた。

そして次の瞬間総司は、沙織ちゃんが手に取って見ていたブランドものの財布を、手提げ袋の中にそっと辷《すべ》らせるのをはっきりと見た。

咄嗟に足を止めた。顔を背けて陳列棚の商品を見ているフリをした。

だがすでに遅かった。人の気配に気づいて振り返った沙織ちゃんが、肌理《きめ》の細かな白い頬の上の大きな目を瞠《みひら》いて、自分を見つめていた。

「や、やあ、偶然だね」

仕方なく声をかけたが、その声は自ら情けなく感じるほど弱々しかった。見てはいけないものを見たという実感の方が強かった。

一方沙織ちゃんは、一瞬間を置いた後、きっぱりとした口調で言った。

「なあんだ、礒田クン。遅かったじゃない」

そう言って自分の方から腕を絡めて来た。総司は二の腕に硬くて柔らかい弾力を感じながら、引きずられるように一緒に歩き出した。そのままエスカレーターに乗って下の階へと降りる。

一階に着いた。もちろん沙織ちゃんは会計を済ませていない。そのまま正面玄関を出た。左に曲がり、黙って二十歩ほど歩いたところで、沙織ちゃんがようやく口を開いた。

「あたしねえ、この前はわざと言わなかったんだけど、実はもう結婚しているの」

落ち着き払った声だった。

「え、あ、そ、そうなんだ」

ショックはショックだったが、それよりもわからなかったのは、この状況でそんな話を自分にして来る沙織ちゃんの真意だった。総司の腕に腕を絡ませたまま、四つ辻を再び左に曲がって、新宿の駅とは反対側に進んで行く。

自分の心臓の鼓動がどんどん速まって来るのがわかった。

「あたしね、クスリで高校を退学になっちゃったのよ。知らなかった?」

「い、いや……」

「いま思うとどうかしていたんだけど、悪い友達が多くてね。もちろん一番悪いのは、周囲に流されたあたしの弱さなんだけど……。それで、何もしないで家にいる娘を早く片付けようと目論んだ両親が、お見合いの話を持ってきてね、相手は二十も歳上の大手の石油会社の技術者だったんだけど、初婚だし生活も安定しているし良いだろうって、勝手に話が進んじゃってね」

「う、うん」

総司は相槌を打つのがやっとだった。

「あたしも、その頃は半分自暴自棄になっていたから、もうどうなってもいいやって思って結婚しちゃったのよ。まあ実際、あたしなんかには勿体ないようなまじめな人なんだけどね」

「うん……」

「でもね、パイプラインのメンテナンスで、一年前からサウジアラビアに行っているの。だからあたし、ずっと一人なのよ」

自分と同じ年齢の筈の沙織ちゃんの声が、急速に大人びて来た。

「それで、もうじきあたしもサウジに行くのよ。やっと受け入れる態勢が整ったんですって。受け入れ態勢に一年もかかるなんて、何か少し怪しい気もするけどね。奥さん四人まで持てる国だもんね、あそこ。そんなところに一年も一人でいて、何もないってことはないと思うのよね」

一体何と答えたら良いのだろう——。

道の周囲が次第にけばけばしくなって来た。キャバクラや風俗店、案内所などが並んでいる。この先をまっすぐ行くと、言わずと知れた日本最大のホテル街がある。

「礒田クンも女の人の身体のことは、もういろいろ知ってるでしょう？　あの日って、本当に憂鬱なのよ。でもむしろあたしの場合問題なのは、その直前ね。いろいろと精神的に不安定になっちゃうのよ」

総司の喉はからからに渇いて来た。胸の鼓動はあいかわらず痛いほど激しく打ち続けている。

はっきりさせなければ、と総司は焦った。もし沙織ちゃんが俺のことを好きでそれを望んでいるのならば、もちろん嬉しいのだが、もしも口止め料のつもりならば話は別だ。そんな形で沙織ちゃんを抱くのは、男らしくない――。

するとその時だった。ガラス戸に黒いビニールテープで目貼りがされた、明らかにいかがわしいショップから、男が一人出て来て目の前に立ち塞がった。ひどく痩せた上半身にシルク地らしいシャツを着て、紫外線を遮るのにはまるで役立たないような、小さくまんまるいサングラスをかけている。

「やっぱりそうだ。あんりちゃんじゃないか」

あんり？

「おれだよおれ、テツだよ」

男がそう言ってサングラスを外すと、下から狐のように細い目が現れた。沙織ちゃんはその場に立ち止まったまま動かない。

「いやあ、こんなところで会えるなんて感無量だなあ。全身性感帯何でもありのあんりちゃんと、是非プライベートでも一度会ってみたかったんだよ。どうしてるの最近」

あんたなんか知らないわ。

「つれないなあ。そっちは知らないって言っても、こっちは忘れられないんだから」

知らないって言ってるでしょう。

「あの撮影の時のあんりちゃんはすごかったなあ。今でも語り草だぜ。そのでっかいおっぱいゆさゆさ揺らしながら一人で十五人相手にしてさ。監督も途中からこの子には男さえ与えておけば、何の演技指導も要らねえって呆れ果てていたくらいだぜ」

何度言わせるの。あんたなんか知らないって。

「他人の空似ということにして誤魔化すつもりかあ。でもさあ、いくら何でも泣きぼくろの位置まで同じってことはないよなあ」

沙織ちゃんの上半身がぴくりと動いた。

そして次の瞬間総司は、自分の耳を疑った。

もう引退したのよ。放っておいて。

「引退だって、笑わせるなあ」

男はげらげら笑った。

「女優は引退しても、淫乱を引退することはできねえだろ？　どうせその小便臭いガキと一発やりに行くところだった癖にさぁ。なあ、ここでこうして会ったのも何かの縁じゃねえか、俺もまぜてくれよ。俺もこの前監督とケンカしちゃって最近現場から干されているからさ、プライベートで思いっきりサービスするぜ」

総司は気がつくと、その男に殴りかかっていた。小便臭いガキと言われたことには腹が立ったが、それだけではない。だからと言って沙織ちゃんのためでもなかった。

ただただ、目の前の男を殴りたかったのだ。

だが男はその紙のように薄い胸板から想像したほど弱くはなかった。総司のパンチを顎に受けて一瞬のけぞったが、すぐに体勢を立て直して飛びかかって来た。何だこの野郎！総司は顔と腹にパンチを受けたが、体を二つ折りにしてこらえると、そのまま男のみぞおちに思い切り頭突きを食らわせた。男はぐえと変な声を上げて倒れながらも、総司の顔を膝で狙って来た。総司はよけきれずその膝を鼻に受けた。鼻血がだらだら流れ出すのがわかった。

だがそれを堪えながら、すべての憤激を右手に籠めてパンチを打つと、それが立ち上がりかけた男の顎に見事にヒットした。男は勢い良く吹っ飛んで道路の上を転がった。

「あ、ケンカだ！」

通行人の叫び声を聞くと、警察沙汰になるのを恐れているのか、男はそのまま顎を押さえながら逃げ出した。

後には吹っ飛んだまんまるのサングラスが落ちている。それ以上追いかけるつもりは元々なかった。総司はジーンズのポケットから入れっぱなしのくしゃくしゃのハンカチを出し、それで鼻を押さえると、そのまま脇目も振らずに駅の方へと走り出した。

駅に着くまで一度も振り返らずに走り続けた。

3

「ばあちゃん、何か郵便来てるよ」

郵便受けに入っていた茶封筒を、総司は引き出してカエ婆さんに手渡した。

だが良く見ると切手は貼られていない。婆さんは茶封筒をそのまま無造作に卓袱台の脇に置くと、今日もゆっくりと時間をかけてお茶を淹れた。

お茶を一口啜ってみた。

「あれ、今日のお茶、何だかいつもより美味しくない？」

「おめえさんわかんのか、違いが」

「わかるよ」

「やっぱし、大学行ってる人は違うなあ。こいづ、この前スーパーの朝市で買って来た、詰め放題の一番安《や》っすいお茶な！」

「え……」

「それよりおめえさん、お茶より先に何か言うことねえのか？」

カエ婆さんが卓袱台の下からキセルを取り出して、雁首《がんくび》の部分をゆっくりと撫でながら言った。今日もいつもと同じ袖口の擦り切れた割烹着姿だ。

「え、何？」

総司は訊き返した。

「何だおめえは。気付かねえのか。さぞかし若いおなごにモテねえべな」

確かこの前は、さぞかしモテるじゃろ、と言われた気がするのだが——。

「気付くって、何に？」

「もうええ」

ぶっきら棒に言うと、キセルの火皿に煙草の葉を詰め始めた。

その姿をしげしげと眺め、ようやく気が付いた。

「ばあちゃん、白髪染めたのか！」

いつもは白髪の方が割合が多いごま塩なのに、今日はそれが黒髪になっている。ただ不自由な目で自分で染めたものなのか、ところどころ黒の濃いところと薄いところがある。あと根元はうまく染められなかったのか、白いままのところがある。

「どうだ、きれいだべ」

「ああ。きれいきれい」

仕方なくおざなりの相槌を打つ。

「その下の顔が無いど、もっときれいだがした」

「いや、ないとさすがに不気味だから、顔はあった方がいいよ」

「んだら、本当にきれいか？」

「ああ、きれい、きれい」

「んだら誰か好《い》い男でも紹介しろず。大学の同級生とか」

「いや、それはちょっと、他を当たった方が良いんじゃないかな。ほら、年齢差とかもあるし」

「愛があったら年齢の差なんて、関係ねぇべ」

「まあ、それはそうだけど……」

言葉を濁して答えてから、ふとこの会話の馬鹿馬鹿しさに気づいた。

「婆ちゃん！　冗談は顔だけにしろよな！」

カエ婆さんは紫煙をふう、と吐き出した。

「おめえさんは、大学で何の勉強をしてんのや？」

「いちおう社会学部の人間科学科、というところにいるけれど」

「何すっどころなのや?」

「うーん、いちおう社会学から分かれた学問なんだけどさ、人間の科学ということだから、実質何をやっても良いんだよね。ただ最低限、現実の世界に即したテーマというのが決まりだから、映画評論とか、アニメの主人公の研究とか、そういうのはさすがにダメだけど」

「何にしても、勉強できてうらやますいなあ」

「それは、まあ……」

総司は口を濁した。大人は大抵みんなこう言うものである。この前の法事の時なんか、大酒飲みで有名な母方の叔父までが、赭《あか》い顔して、親の金で勉強できていいなお前などと吐《ぬ》かしやがった。あんたにだけは言われたくないよと思ったものだ。仮に入れ替わって俺の立場になったところで、あんた、酒呑むだけで絶対に勉強なんかしないだろ?

「あたしもできたら法律を勉強すっだっけねえ」

カエ婆さんがしみじみと言った。

「法律? なして?」

総司はつられて東北弁になった。

「なしてって、法律がわからねど、いろいろと損すっぺ?」

妙に実感の籠もっている言葉だった。

「ふーん、じゃあさ、今から少し法律の問題出してやろうか。これでもさ、一般教養《パンキョウ》で法学の授業を取ったこともあるからさ。それでもし婆ちゃんが全問正解したら、今度から婆ちゃんの弁当のご飯にだけ、特別にゴマをふって来てやるよ」

「ゴマはどうせ消化さんねから要らねな。この前の大福にして呉《け》ろ」

「わかったよ、正解したらあの大福な。じゃあ第一問。よーく問題をお聞き下さい」

総司は笑いながら続けた。

「Aさんの庭に、ある日突然タケノコが生えて来ました。しかしAさんはタケノコなんか植えた記憶はなく、隣のBさんの家で栽培しているタケノコの根が、地下を通ってAさんの敷地内に伸びて来たものであるのは明らかです。ところがAさんはタケノコが大好物だったものですから、勝手に抜いて食べてしまいました。それを知ったBさんは、そのタケノコの根はうちのものだから、タケノコはうちの作物であると主張し、Aさんにタケノコ代を要求しました。さてAさんはBさんに、タケノコ代を払う義務があるのでしょうか?」

その一般教養《パンキョウ》の授業で聞いた問題の受け売りである。授業担当の若い講師は、無気力かつ無反応、とにかく進級と卒業のために単位だけおくれという魚のような目の学生たち——もっとも自分も教室ではその中の一人として認識されていたことだろうが——に、法律に対する興味を少しでも抱いてもらおうと、毎回授業のはじめにこういうクイズを出して、教室を少しでも活気づけようと涙ぐましい努力をしていたのだった。ひそかにこの法律クイズを毎回楽しみにしていた総司は、期末試験の時に答案用紙の余白に、クイズ面白かったですと書いて提出したものだ。もっともテストそのものは全然できなかったので、そのおべんちゃらは何の功も奏さず、ついた成績はぎりぎり単位がもらえる〈可〉だったが——。

ちなみに正解は〈支払う義務はない〉である。Aさんの家の庭から生えたタケノコは、何の問題もなくAさんのものである。

しかしこれが仮に空中に実をつける果樹だったら、話は全然違ってくる。Bさんの敷地から生えている果樹の枝が、どんなにAさんの敷地内に張り出していようとも、そこに生《な》っているみかんや枇杷《びわ》などをAさんが勝手に採《と》って食べたら、それは法律的には窃盗と同じ扱いになるのだ。

「ばかこけ。ほっだなダメだべず!」

だがカエ婆さんは、訛りを全開にしながら首を勢い良く横に振った。

「まんずなってねーな。黙って食うから問題になんのったべずー!」

「いやそういうことじゃなくてさ……」

「んだがら、ちゃんと菓子折りでも持って隣の家さ行って、おたくのタケノコが、根っこ伸ばしてうちの庭に生えて来たんだけど、食っても良いんだべがー、と断ってから食うのよー。そしたら隣の人も、食って悪いどは、絶対に言わねべずー！」

「いやそれは確かにそうなんだけどさ、とりあえず黙って食べちゃったということにして、それが法律的に見て良いか悪いかを今は問題にしているんだよ」

「んだがら、ちゃんと菓子折りば持って行くとよ、場合によっては、これはウチのほうで採れたもんですが、ほっだい好物ならどうですかと、なおも二、三本ぐらい呉《け》だりするもんなのよ。んだがらちゃんとすらんなねんのよー。結局はその方がトクすんだがらよ！」

「わかったわかった。そうだな。隣の人にちゃんと断ってから食べると。はいはい。はいはい。正解正解」

「菓子折りもな」

「うん、そうだね。菓子折りも持って行くと。はいはい、ばあちゃんが正しいよ」

総司はあきらめて第二問に移ることにした。

「では次の問題です。A国発の夜行長距離列車に、臨月の妊婦が乗りました。国境を越えてB国に入ったあたりで急に産気づき、無事にB国内で出産しました。そしてその後も走り続ける列車に母子は乗り続け、翌朝終点のC国で、二人揃って降りました。さて、この赤ん坊の法的な出生地は、一体どこの国になるのでしょう」

島国の日本では、この設問自体がぴんと来ないだろうが、陸続きで、夜行の長距離列車が一晩に何ヶ国もの国境を越えることが決して珍しくないヨーロッパなどでは、充分にあり得るシチュエーションである。そして法的な出生地がどこになるのかは、その後のこの赤ん坊の人生にとって、決してどうでも良い問題ではない。世界には両親の国籍とは無関係に、自国内で出生した赤ん坊には、無条件で国籍をくれる国もあるからだ。

「何たわけたこと言ってんだず！」

だがカエ婆さんは、またもや問題そのものを一刀両断に葬り去った。

「はあ？」

「一体どうやって産んだんだず。産婆も一緒に乗ってたのか？」

「そっちかよ……。うーん、よくわからないけど、そうなんじゃない？」

「非常識だべな。そもそも妊娠九ヶ月過ぎたら、列車さ乗って悪《わり》いんだよ。ほっだなことしてっから難産すんだべ！」

「いや、別に難産だったとは誰も言ってないよ」

「とにかく駄目だずー。無事に産まっだから善いがもすんねげんと、万が一のことがあったらどうするつもりだったんだべ。まんず無責任な母親だなあ」

問題の中の架空の母親を罵倒するカエ婆さんを前に、総司としては苦笑いするしかない。もう答えを言う気力すらない。

「お前さん、なかなか夜来ねえな」

カエ婆さんがぽつりと言った。

「いちおう憶えてはいるんだけどさあ。夜はバイトが入ってたりするし。それにやっぱり一人暮らしのレディーの家を、夜遅く訪問するというのは、ちょっと気が引けてさあ……」

「そのれでえがみずから誘ってるんだず！」

「そ、そうだったね。今度そういう日があったら、来てみるよ」

「おめえ、来年卒業なのか」

今度はそんなことを訊かれた。

「ああ、来年の春ね」

「卒業したら、どうすんのや」

「そりゃあ、就職するよ」

「どこにさ」

「そんなの、わかんないよ」

「んでも、入りだいどころとか、あんだべ？」

総司は肩を竦めながら答えた。

「あのさ、ばあちゃん。俺みたいな二流私大文系の学生には、この就職超氷河期のご時世、選ぶ権利なんて、あってなきが如しなの。就活してみて、入れてくれるという会社の中で、少しでもマシなところを選ぶだけなの。一流大学の奴らは、今ごろ内定いっぱいもらってる時期なんだろうけど、そういう連中が入るような企業には、俺たちは出すだけ無駄だから、最初からエントリーシートも出さないの」

「つまんねえこと言うなずー」

気がつくとカエ婆さんが頭を擡《もた》げて、見えない筈の右目を自分に凝《じ》っと向けていた。

「若いんだからよ。何かねえのか、やりてえこと」

総司は少し腹が立った。何を勝手なことを言っているんだ。何かやりたいことはないのかと大人たちはいつも簡単に言うが、やりたいことをそのまま仕事にできる人間なんて、この世の中にほんの一握りしかいないことくらい、自分たちだって嫌というほど知っているくせに——。

だがカエ婆さん相手にそんな反論をしても無駄というか、虚しい結果に終わることは一〇〇％確実に思われた。そこで総司は軽い意趣返しのつもりで、今まで遠慮して訊けなかったことを、思い切って尋ねてみることにした。難産うんぬんの話が出たので、訊きやすい雰囲気だったこともある。

「そんなことよりさ、婆ちゃんの若い頃の話聞かせてよ。好きだった人の話とかさ」

初めてこの部屋に来たときに感じた違和感の正体に、その後総司は気付いていた。

それはどの老人たちの部屋でも、大抵一番目に付くところに鎮座ましましている仏壇が、どこにも見当たらないことだった。ちゃんとした仏壇がない部屋でも、写真と線香立てくらいは並べてあるのに、この部屋にはそれすらないのだ。だから旦那さんがいたのかどうかすら、いまだにはっきりしないままである。ひょっとすると押入れの中にでも隠してあるのかも知れないが、今日こそはそれを聞き出してやる――。

老人は水さえ向けてやれば、自分のことを嬉々として話すものである。総司はそう思っていた。むしろ途中で止めさせるのが一苦労だ――。

ところがあにはからんやカエ婆さんは、不思議に口が重かった。下を向くと、たったいま茶托に灰を落としたばかりのキセルの火皿に、黙って再び刻み煙草の葉を詰めはじめた。

おい、ガン無視かよ！　総司はもう一度くり返した。

「ねえ、聞こえてる？　婆ちゃんが好きだった人のこと、聞かせてよ」

カエ婆さんがその重い口を開いたのは、葉を詰め終わり、小刻みに震える手でマッチを擦って火を点けて、一口吸った後だった。

「年寄りをからかうんでね！　おめえさんとは何も関係ねえべ」

「そりゃまあ確かに関係はないんだけどさ、別に良いじゃん教えてくれたって。何という人だったの？」

するとカエ婆さんは俯向きながら、蚊の鳴くような声で、そっと呟くように言った。

「……いそじ……」

どんな漢字を宛てるのかを尋ね、珍しい名前だなと思ったが、確かその当時は山本《やまもと》五十《いそ》六《ろく》とかいう有名人もいた——何をした人かはよく知らないが——筈だから、割合メジャーな名前だったのかも知れない。

「ふうーん、じゃあその五十治《いそじ》さんが、婆ちゃんの旦那さんだったわけか？」

だがカエ婆さんは、首を静かに横に振った。溜め息を吐くかのように、弱弱しい声で答えた。

「旦那だったら、いがったなあ……」

「旦那じゃないの？　じゃあ何だ、婆ちゃん、妾だったのか？」

「まさか。わしがほっだなふしだらな女に見えるか？」

「うーん、そんな女に見えるかと言われてもなあ。若い頃のことは知らないけど、今はそもそも女に見えないし——」

総司は思い切り毒舌を吐いた。これまでのカエ婆さんの一連の捨て身ギャグを考えれば、どんな憎まれ口を叩こうとも、笑って許してもらえるという確信があったからだ。

だがカエ婆さんは返事をしない。

やばい。さすがに怒ったのか？

ちょっと焦りながら婆さんの顔を斜《はす》かいに覗き込んだ総司は愕《おどろ》いた。

怒っているのではなかった。当年八十四歳というカエ婆さんが、顔を赫《あか》くして、下を向いて恥ずかしがっているのだった——。

まるれとは、戰局が嚴しくなつてから採用された、膠合板《ベニヤ》製のモーターボートによる洋上特攻兵器のことだつた。一人乗りのボートに二五〇瓩《キロ》爆雷を積んで敵艦に體當《たいあ》たりすると、膠合板《ベニヤ》の船首につけられた起爆板が落ちて、船尾にぶら下げてゐる爆彈が爆發《ばくはつ》する。いちおう四式肉薄攻擊艇と云ふ正式名稱《めいしよう》は附いてゐたが、まるで蟷螂《たうらう》の斧で巨象に立ち向かはうとするかのやうな、無謀極まりない兵器であるため、せめて其の實態《じつたい》を祕匿するために、聯絡艇《れんらくてい》に擬して㋹と呼ばれてゐたと云ふ。實際の戰場では、發見されたら最後、何等自衛手段を持たない㋹艇はたちまちのうちに沈められてしまふので、夜間敵にひそかに近づいて自爆攻擊を仕掛けるか、相手の砲火が間に合はないやう、蟲《むし》のやうな大群で一氣に襲ひ掛かる以外に戰術はなかつた。

尤《もつと》もさうした全てのことが明らかになつたのは、玉音放送がラヂオから流れて來たあの暑い暑い夏の日以降のことで、戰時中は何一つわからなかつた。初の神風特攻隊として喧傳《けんでん》された關《せき》大尉の擧《あ》げた赫々《かくかく》たる成果のことは、新聞でも大々的に報じられてゐたが、その後特攻は「断《だん》じて行へば鬼神も之を避く」と云ふ形でしか語られることはなかつたし、ましてや飛行機以外での特攻と云つたら、開戦時に眞珠灣《わん》に突入した特殊潜航艇の九軍神のことしか聞いたことがなかつた。人間爆彈とか人間魚雷と云ふ言葉を耳にした事はあつたが、其《そ》れは己の肉體も兵器の一部と見做《みな》すくらゐの不退轉《ふたいてん》の氣概をもつて、鬼畜の如き聯合國《れんがふこく》に立ち向かふと云ふ一種の心構へのやうなものだと思つてゐた。眞逆《まさか》、實際《じつさい》にそんな兵器が開發されて此の世に存在してゐるなんて思ひもしなかつたし、ましてや彈よけすらない膠合板《ベニヤ》製のモーターボートで自爆攻撃をさせられてゐた兵士たちがゐた事なんて、內地にゐた一般國民は誰一人、想像だにしてゐなかつた。

あの當時《たうじ》自分たちが作つてゐた練習用の赤トンボですら、終戰直前には特攻に使はれてゐたと知つて、カエは心底愕《おどろ》いたものだつた。涙が出るくらゐスピードが遲い赤トンボだが、竹と布で出來てゐたが故に、亞米利加《アメリカ》軍が誇る高性能のレーダーに逆にひつかからず、意外と特攻の效率が良かつたと云ふのを聞いて、もう一度愕いたものだつた。其れでも自分たちが竹を曲げて布を張つてゐたあの貧弱な一翼一翼に乘つて、日本の若い男たちが絶望的な自爆攻撃に驅《か》り立てられてゐたことに關《くわん》しては、些《いささ》かの違ひもない――。

離縁を言ひ渡されたのは結婚して四年後、ちやうど先妻の遺した三人の子供が、一番手のかかる時期を過ぎたころだつた。嫁に來た時と同じ服を着て、着の身着の儘《まま》で出て行けと言はれた。本當《ほんたう》のことを云へば、あんたがウチに來てから割つた皿や、あんたが着潰した着物の代金も拂《はら》つて貰ひ度《た》いもんだがね、まあ其れは勘辨《かんべん》してあげるから、感謝するんだね――。

カエは默つて其の言葉に従つた。女性の權利《けんり》なんて、あつてなきが如しの時代だつたし、自分の不注意によつて片目の視力を失つてしまひ、以前と同じやうにきびきびと働くことが出來なくなつたのだから、離縁されるのも仕方がないと思つてゐた。

丁度田植ゑの時期だつた。荷物と云へるほどの荷物もなく、何處《どこ》へ行くと云ふ當《あ》てもなく、水を張つた田圃の畦道を一人とぼとぼ歩いてゐたら、後ろから追ひ掛けて來る男性のものらしい跫音《あしおと》がした。

振り返ると良人《をつと》が立つてゐた。良人はいつもの甘つたれたお坊ちやん顔のまま、袂《たもと》から一反の反物《たんもの》を出して、其れをカエの腕《かひな》の中に無理やり捩《ね》ぢ込まうとした。

「此《こ》れ、賣《う》れば幾らかにはなるから」

「……………」

「大丈夫。お袋には默つて持つてきたから」

其の瞬間、初めて怒りが込み上げて來た。馬鹿にするなと思つた。

氣がつくと、渡された新品の反物を、良人《をつと》の顔目がけて力いつぱい投げつけてゐた。

反物は良人の左の頰を僅かに掠めて、其のまま田圃の泥の中に落ちた。カエは踵を返して驅《か》け出した。

こんなことをしたのは、一生で此の時一囘《いつくわい》きりだ。欲しがりません勝つまでは、無駄を省いて國債報國、ぜいたくは敵だ――そんな敎育を少女の頃からずつと受けて來たので、どんな安い布の切れ端でも、まだ使へるうちには捨てたことなどない。

だから今にして思へば、何とも申し譯《わけ》ない事をしたものだと思ふ。もちろん良人《をつと》に對《たい》してではない。あの反物にだ。あの一反の生絹《すずし》の織物を織り出すために、熱湯の入つた釜の中で繭のまま煮られて虛しく死んでいつた、何千匹と云ふ、もの言はぬ蠶《かひこ》たちに對してだ。

そして自分の感情を自分で抑へ切れなかつたのも、この時一囘限りのことだつた。其の後の人生に於《おい》ては、良人《をつと》も姑も一度も恨んだことはない。

何故なら、あひこだと思ふからだ。

良人がいくら自分を裏切らうが、姑がいくら自分に辛く當《あ》たらうが、彼らは自分の心の中に常にあり、またこれからも一生あり續《つづ》けるだらう大《おほ》いなる愛を知らない、可哀想な人たちなのだから。

一人の人間が一人の相手のことをそんな風に思ひ續けて行くことが出來るなんて、夢にも思はない種類の人たちなのだから――。

其れに自分の方にも落ち度はあつた。いつも心の何處《どこ》かで、良人《をつと》と五十治さんを無意識のうちに比べてゐた事は間違ひないのだから。如何《どう》して五十治さんは兵隊に取られ、この人は取られなかつたのだらう――居丈高な姑の命令や、良人の粗暴で氣まぐれな要求に應《こた》へ乍《なが》ら、いつもカエが思つてゐたのはそんなことだつた。兩親が黝焦げに成つて焼け死んだ空襲の日、女子挺身隊の一人として工廠《こうしやう》の中にゐたカエは、間一髪防空壕に飛び込んで難を逃れた譯《わけ》だが、あの時如何《どう》してみんなと一緒に焼き殺して呉れなかつたのかと、軍需工場を等閑《なほざり》にして民間の家屋に焼夷彈を落としてゐたB29の未熟な乗組員を恨んだことも、一度や二度ではなかつた。

そして人間とは他人には幾ら嘘がつけても、自分自身には決して嘘がつけないものので、そんなことを心の中でほんの少しでも思つてゐると、自分では完璧に演技をして隠し通してゐる積りでも、細かい態度となつて必ずや表面に現れるものだ。それ故《ゆゑ》良人は自分のことを愛さず、姑も最後まで自分のことを認めようとしなかつたのだと思ふ。其の事を思ふと、實《じつ》はあひこどころか、寧《むし》ろ自分の方が、はるかに罪が重いのかも知れない。そんな不届き千萬な嫁を、四年間も叩き出さずに家に置いて呉れただけで、あの人たちは神様みたいに善い人たちなのだ。

ただ當時《たうじ》の田舍に於て、離縁された女に對して向けられる周圍《しうゐ》の目の冷たさには心底閉口させられた。彼等には、離縁されたと云ふ事實《じじつ》そのものが、人間としてまた女として、何か重大な缺陷《けつかん》がある證據《しようこ》のやうに映るらしいのだ。幼い頃から他人の心の中を讀むのが得意だつたカエには、他人があんな人とはさつさと別れて正解だつたわねと口では同情を裝ひ乍《なが》らも、内心ではさう云ふ目で自分を見てゐることが、手に取るやうにわかつてしまふ。また片目が盲《めしひ》となつてしまつた今では、激しい立ち居振る舞ひが要求される旅館の仕事に戻ることも難しかつた。

然《しか》し、捨てる神あれば拾ふ神ありとは善く云つたもので、尋常小學校時代に同級だつたタキと云ふ娘が聲《こゑ》をかけて呉れ、其れを頼つて東京近郊のこの町に出て來た。彼女は嫁ぎ先の此の町で、お金持ち相手の洋裁店を開いてをり、小さい頃からずば抜けてゐたカエの裁縫の腕を思ひ出して、わざわざ傳手《つて》を頼りに捜し出して聲《こゑ》をかけて呉れたのだ。其れからは彼女に仕事を回《まは》してもらつて、一人で何とか生きて來た。電車に乘つて出掛けるのは一年に二回《にくわい》、針供養《はりくやう》の日と佛生會《ぶつしやうゑ》の日にお寺にお參りに行く時だけで、其れ以外は朝から晩までずつと銀色の針先を見つめるやうな毎日だつたが、必要とされるのは早さではなく仕事の叮嚀《ていねい》さだつたし、幾ら單價《たんか》が安からうが、誰にも命令も監督もされずに自分の都合で仕事が出來るのは、まるで天國みたいなものだつた。片目で行ふ針仕事は、兩目のころの何倍もの疲勞を齎《もたら》し、其の日の分の仕事が濟むと、もう何もやる氣が起こらずに、ぐつたりと橫になつては何時間も天井の染みを眺めて過ごすやうな毎日だつたが、其れでも今ではいつでも好きなときに目を瞑つて、在りし日の五十治さんの面影を思ひ浮かべる事が出來るのだから、一度も淋しいなどとは感じなかつた。姑や良人《をつと》をはじめ、寧ろ誰か他の人間と一緒にゐた頃の方が、はるかに自分は淋しかつたのだと漸《やうや》く氣がついた。

唯一の親友とも云へる其のタキも、六十代の半ばに癌で他界し、再び一人ぼつちになつてしまつたカエだつたが、そんな自分でも、生きてゐて善かつたと思つた事がある。其れは常日頃から酷使し續けた左目が重度の網膜剝離に成つてしまひ、一時は兩目の視力を完全に失ひかけたが、幸運にも手術が成功したときだ。ぐるぐる巻きにされてゐた繃帯《はうたい》を取ると、其れまで眞つ暗だつた世界に一條《いちでう》の光が射した。外を見ると丁度雨が降つてゐて、雨粒の一つ一つが、自分の左目を目掛けて降つて來る銀色の針のやうに見えて、思はず目を瞑つてしまつたものだつた。

だが其れが針ではないと判つた瞬間の、あの喜びと來たら……。

4

その日の帰り路、総司は空の岡持ちを座席の傍らの床に置いたまま、公立図書館の閲覧室で、戦争についての本を机の上に積み上げていた。

そして総司は時々目を休めながら、カエ婆さんの幸薄い人生について考えた。

カエ婆さんの一連の話が終わり、婆さんが新しい刻み煙草をキセルの火皿に詰めて吸いはじめても、総司は言うべき言葉をしばらく見つけられなかった。

「どうしてそんなに、淡々としていられんのさ」

長い沈黙のあと、やっとのこと口をついて出たのは、まるでその当人を非難するかのようなそんな言葉だった。

「もっと怒っていいんじゃないのかよ！」

だがカエ婆さんは、意味がわからないという表情をした。

「ごしゃぐ？　何にだ？」

「いろんなことにだよ。戦争とか、ダンナさんとか姑さんとかにだよ！」

ごしゃぐ、とは怒るという意味だ。総司はまるで自分のことのように口角泡を飛ばした。

「ひどいじゃないかダンナさん。台風で大変なときに妾のところなんかに入り浸って。姑の人もひどいよ。家のために一生懸命働いて怪我したのに、何が『片目の嫁なんてもらった憶えがないねえ』だよ！」

こんなのガンジーでも助走をつけて全力でタコ殴りにするレベルの……いやいやそれ以上だ。マザーテレサでもバズーカ砲を抱えて追いかけて行くぐらいのレベルだ。もっともっと怒っていいいし、怒るべきだ！

だがカエ婆さんは火皿に残る灰を、トントンと茶托に落としながら答えた。

「なあに。その頃にしたら、至極ありふれた話だべ。それに今さらごしゃいだって、何になる？」

「それは……」

「何にもならねべ。んだがら年取ると、自然といいことだけを憶えておくようになんのよ。ほんとだず。ここら辺がすうーっときれいになんのよ」

婆さんはそう言って、細かな染みが飛沫のように散っている割烹着の胸のあたりを指さしたのだった——。

もちろん自分が同情したところで、カエ婆さんの人生が今さら変るわけではないことはわかっている。

だが当時はありふれた話だったということで、片付けてしまって良いのだろうか？

全て時代が悪かったと言って、片付けてしまって良いのだろうか？

キセルを置くとカエ婆さんは、よっこらしょと言いながら立ち上がり、塗りの剝げた簞笥の前でしゃがみ込むと、一番下の段を開けて、そこから結ばれることなく逝った婚約者の唯一の形見の品だという、学生服の釦《ボタン》を出して見せてくれた。

それは話の中にも出てきたが、五十治さんが出征する前の夜、たった一度だけ二人きりで散歩することができたときに、五十治さんがみずから学生服の広い胸から毟《むし》ってくれた釦だった。

上下がつぶれたその古い釦には、黒地に金字で、旧字体の學の文字が刻印されていた。総司はその釦を受け取って自分の掌の上に載せた。せいぜい数十グラムの釦なのに、それはずっしりと重く感じられた。

そして総司は、自分の目頭に熱いものが溜まっていることに気がついた。今から六十数年前、今の自分とほぼ同じ年齢で、この釦一つを婚約者の許に残して、この国を護るために南の島に散った人がいたことを想った。

一体どうしてそんなことができたのだろうと思いながら、閲覧室の机に戦争関係、特に特攻関係の本を積み上げて、手当たり次第に読んでいた。戦争について、大人から話を聞かされたり社会科の授業で習ったりしたことはあったが、自分から進んで本を読むのは生まれて初めてのことだった。

読めば読むほど、今までこうした事実を一切知らなかったということが、恥ずかしく思えてくる。ページを繰る手ももどかしく、夢中になって読んでいた。

だが総司のその熱心な読書は、急に起こったけたたましい笑い声によって中断された。そちらに顔を向けると、それは閲覧室を溜まり場にしてふざけ合っている高校生の男女たちだった。図書館の本を鏡立て代わりにして、堂々と化粧を直している女子高生のグループもいる。携帯の着メロ音が鳴ってその中の一人が話しはじめた。

総司はその女子高生に向かって注意した――おい、閲覧室内での携帯の使用は禁止だぞ！

だがその女子高生は、謝って電話を切るどころか、描いたばかりの細い眉を寄せて総司を睨みつけると、これみよがしに電話を続けながら短いスカートを翻して立ち上がり、仲間たちのところに行っては、顎をしゃくって自分のことについて何やら言っている。何あいつ、超うざいんだけど、などという会話の断片が聞こえてくる。

総司は憤慨した。お前ら、今の時代に生まれた幸せをわかっているのか？　カエ婆さんはな、好きだった人とたった一度一緒に散歩できた、その思い出を宝物にして、その後の六十余年間を生きてきたんだぞ。お前らにそれが想像できるか？　豊かで平和な時代に生まれたことに対する感謝は全くと言っていいほどないくせに、少しでも気に食わないことがあるとすぐにキレやがって――自分はカエ婆さんや五十治さんよりも、彼女たちの方とはるかに歳が近いわけだが、自分のこの憤慨を矛盾だとは思わなかった。

総司は勢い良く席を立つと、積み上げた本のうちの何冊かを借りる手続きをして、図書館を後にした。きっとあのガキどもは、鼻の頭にバンソウコを貼ったサエない大学生が、自分たちのリア充ぶりを僻んで因縁をつけて来やがったと考えていることだろう。その癖あいつ、あっさりヘタレて逃げ出しやがったぜと、今ごろ全員でせせら嗤っていることだろう。

それはわかっているが、今はこれ以上お前たちの相手をしている暇はない。じっくりと考えたいことがある——。

バイクに跨った瞬間、後輪をバーンナウトさせて前輪を軸に一回転するマックスターンでも一丁やってやろうかと思ったが、失敗してタイヤの溝がいっぺんに消えるのを見るのは嫌なので、おとなしく普通に発進してゆっくりと公民館に戻ると、さすがに今日は後片付けも全て済んでいたが、これから送別会があると引き止められた。

見ると綺麗に片付いた中央のテーブルの上に、紅茶のカップとショートケーキが並んでいる。

送別会？　一体誰のだろう。総司はぼんやりと椅子の一つに座って待った。

待っている間も考えるのは、やはりカエ婆さんと五十治さんのこと、そして戦争のことだ。

大東亜戦争末期、大本営発表や大新聞の報じる赫々《かくかく》たる嘘の戦果を鵜呑みにしていた内地の一般国民はともかく、圧倒的な戦力差をまざまざと見せ付けられていた前線の兵士たちは、もはや本当にこの戦争に勝てるとは、ほとんど思っていなかったらしい。

そんな中での洋上特攻――もしこの作戦が、航空特攻に比べて優れている点が一つだけあるとすれば、それは三次元ではなく二次元の戦いに近くなるため、途中で乗組員が死亡したとしても、ボートが沈まずにそのまま直進できたならば、敵にダメージを与える可能性が僅かながら残ることだろう。三次元の航空機ならば撃墜されたらまず当たらないが、二次元ならばほんの少しは可能性が残る。だからというわけではないのだろうが、特攻用のボートには、弾よけのようなものは一切装備されなかった。

米軍の銃弾が雨あられと降り注ぐ中、分厚い装甲の敵艦目掛けて、ほとんど丸裸の状態で突っ込んでいく、ベニヤ製のモーターボート。そのモーターは自動車のモーターの転用で、しかも船尾には数百キロの爆弾を積んでいるから、スピードは涙が出るほど遅い。見つかったら最後、敵艦に到達する前にあっけなく殲滅《せんめつ》されることは必定だし、首尾よく自爆に成功したとしても、乗組員の身体は艇もろともバラバラになるだろうが、敵艦の分厚い装甲に対して、果たしてどれほどのダメージを与えられるものだろうか。

夜襲の際には、エンジン音で存在がばれないように、目標とする敵艦の数百メートル手前でエンジンを停めて、慣性の法則だけを頼りに敵艦に体当たりすることが求められたという。明らかに欠陥兵器、いやそもそも兵器と呼ぶことすらおこがましいような代物だ。

それでも彼らは祖国が、勝てないまでも少しでも有利な形で講和できることを冀《こいねが》って、また勇敢に戦ったという誇りが、いつの日か必ず民族復興の礎になることを信じて、この絶望的な状況の中、圧倒的な火力差を誇る敵艦目がけて体当たりして行ったのだ。

どうしてそういうことを学校では教えてくれなかったのだろう。いま自分はこの国に生まれたことを、生まれて初めて真に誇りに思える気がしているというのに。どうして中学校の社会科の教師は、口を開けば日本は昔悪いことをした、だから未来永劫謝罪し続けなければならない、としか言わなかったのだろう。中にはカミカゼという言葉が、欧米メディアでは自爆テロを表すのに使われていることを挙げて、特攻隊員をあたかもテロリストのように蔑んで話した英語の教師もいた。だが相手も自分たちを問答無用で殺すために来ている戦場において、最小の被害で最大の戦果を挙げるために、悲壮な覚悟で行われた戦術の一つとしての特攻と、無辜《むこ》の一般市民を無差別に巻き添えにする自爆テロでは、その意味合いがまるっきり違うではないか――。

兵士たちは㋹艇のことを、アマガエルと呼んでいたという。草叢《くさむら》などに隠せるように、緑色の塗料が塗られていたからだと本には書いてあったが、果たしてそれだけだろうかと総司は訝った。

小さい頃、父親の実家のある秋田の田舎に滞在したことがある。田舎の子供たちの遊びは、自分たち都会の子供たちの遊びとはまるで違っていることに総司は驚いたが、何よりも面食らったのは、彼らが昆虫たちを捕まえては、いとも簡単に殺してしまうことだった。

ところがその同じ彼らが、急流で浅瀬に打ち上げられて白い腹を見せている魚などを見つけると、自分たちも流されてしまう危険が多分にあるにもかかわらず、必死で岩場を伝い、びしょ濡れになりながら魚を川に戻してやったりする。要するに田舎の少年たちは残酷というわけではなく、とにかく自然との一体感が自分たちとはまるで違うのだなと思ったが、そんな彼らがたまにやる遊びが、アマガエルを捕まえてはその口に爆竹を銜《くわ》えさせる遊びだった。哀れなアマガエルは、眠たそうな目で火のついた爆竹を銜え続け、やがて木っ端微塵になって、ばらばらになったその体は、周囲の石ころなどにゼニゴケのようにへばりつく。

全国から集められた㋹の隊員の中には、小さいころにこの遊びをやったことのある者も当然いたことだろう。それならば彼らは、木っ端微塵になるアマガエルの姿を、やがて自爆する自分の姿になぞらえて、あまりにも悲しいユーモア精神で、そう呼んでいたのではないのだろうか——。

神風特攻隊は有名だし、隊員を主人公にした小説や映画も、沢山作られている。飛行機で敵艦目掛けて突っ込んで行く姿が絵になるからだろう。だがそれに比べてこの㋹の扱いの小ささはどうだ。かなり分厚い戦記ものでも、1945年1月9日に、フィリピン・ルソン島のリンガエン湾に上陸して来た米軍に対して、陸軍海上挺進第12戦隊のマルレ艇七〇隻が突入、護衛駆逐艦ホッジスなどに損傷を与えながら全滅した、また沖縄戦では慶良間の島々に約二〇〇隻が配備され、沖縄本島に上陸して来る米軍の背後を突く予定だったが、期待通りの戦果は挙げられなかったなどと、ほんの数行の記述があるだけだ。全部で一七〇〇名あまりの兵士が犠牲になっているというのに。一度出撃したら最後、部隊ごと全滅してしまうのがデフォであり、艇には通信用の装備などはじめからなかったから、どれだけの戦果を挙げたのかすら正確に把握できなかったという理由かららしいが、同じように国のために一つしかない命を散らしながら、この扱いの違いは一体何なんだ？

特攻隊員にとって、出撃の命令は死刑の宣告に他ならなかった。国家権力によって命を奪われるという点では、特攻と死刑は同じである。だが今の時代、人を一人殺した程度ではまず死刑にはならない。二人以上を殺し、しかも明白な殺意があったと認められる凶悪な犯罪者に対して、何度も何度も裁判をやり、十年近い歳月をかけて、やっと死刑の判決が下されるのだ。しかもその刑の執行には、また長い年月がかかる。一方特攻隊員は、何一つ悪いことをしていないのに死刑の宣告を受けたのである。それなのに彼らは泣き言一つ言わずに——もちろん言いたかった者は沢山いただろうが——従容《しょうよう》と出撃し、死んでいったのである。

もちろん自分たちが今さら何をしようと、彼らが生き返ることはない。だがいま生きている自分たちが彼らのことを想い、語り継ぐこと以外に、彼らに対して敬意を表する手段は何もないのではないか？

総司は心の中で図書館の高校生たちに話し掛けた。お前らが今そこにいるのは、今では誰も名前すら憶えていない昔の兵隊さんたちが、お前らの爺さん婆さん、あるいは曾爺《ひい》さんや曾婆さんを、自らの身を盾にして、曲がりなりにも守り抜いたからかも知れないんだぞ。そりゃあ最後の方は、一方的にボコボコにやられたよ。あんな戦争、やらない方が良かったに決まってるよ。だけど一旦はじめてしまった以上、少しでも敵を足止めし、本土に近付けまいとした彼らの命懸けの抵抗が効を奏さず、お前らの爺さん婆さんたちのうち一人でも欠けてしまっていたら、お前らは今この世にいないということを忘れるなよ——。

また別の本では、㋹の戦いそのものについての記述はやはり簡略なものだったが、靖国神社遊就館所蔵というキャプション付きで、とある㋹隊員が辞世の句を記した紙片の写真が掲載されていて、その句を読むことができた。

アマガヘル竝《なら》んで青しリンガエン
水すましせめて俺の聯絡艇追ひ抜くな
出撃の朝に完癒し我が打ち身
歸りなん魂魄《こんぱく》ひとつで靖國に

文学の専門家がどう評価するかは知らない。だが少なくとも総司はこの四句を読んで、感動を禁じえなかった。何と言う強靱な精神力だろう——。

最初の句は、恐らく松尾芭蕉《まつおばしょう》の《五月雨をあつめて早し最上川》を意識したものだろう。あるいははっきりパロディだと言ってもいい。

その状況下でパロディを作れること自体、並みの精神力ではないと思うが、二句目はもっとすごい。こういうのを壮絶なユーモアというのだろう。別のページには、やはり特攻隊員の手になる辞世の句、《諸共と思へばいとし虱かな》というのが載っていたが、死を前にしてなお小さな生命に目を向けて、そこにユーモアやペーソスを託す精神力は、並大抵のものではない。

一方三句目は同じ笑いでも、微苦笑というのにより近いようだ。ここまで来る間の激しい戦闘によってか、㋹を操縦するための訓練によってか、酷い内出血を伴うような打ち身ができていたのだろう。だが皮肉にも出撃の朝に、その打ち身が綺麗に完治していることに気がついた。幸先がいいのか悪いのかわからないが、生き続けようとして懸命の努力を続けている自分という一個の生命体を、自分は今日自ら破壊しに行くのだという悲痛な心境も透けて見える。

いずれの句でも感心するのは、自分を客体化して眺めることができている点だ。思うことはいろいろあるだろうに、辛い悲しい怖い死にたくないなどの、感傷的な言葉が一切ないことだ。

そして四句目は、一転して自分を鼓舞するかのように、悠久の大義に殉ずることを宣言して締めくくられる。

そして実際、この句のようになった。当然のことだがその遺骨の収集すら不可能な特攻隊員たちの肉体は、文字通りそのまま永遠に太平洋の藻屑と消えたのだから――。

とその時、急に周囲に拍手が湧き起こり、総司は現実へと引き戻された。

いつの間にか杉村女史や鶴、大河内さん、その他の主要メンバーたちが全員テーブルの周りに勢揃いして、台所の奥に向かって拍手を送っている。

拍手の中、台所の奥から現れたのは、沙織ちゃんだった。

それからテーブルのまわりの椅子に全員が座り、女史が沙織ちゃんに発言を促した。

沙織ちゃんは立ち上がり、頭をぺこりと下げてから、よく通る澄んだ声で喋りはじめた。

「今日は私のような者のために、わざわざ送別会などを開いていただきまして、本当にありがとうございます。私事ですが今からちょうど一年前、みなさん御存知の通り主人が海外に行ってしまい、私は一人で東京に残されて、何をしていいのかわからなくて、毎日映画を観たり本を読んだりしても気が晴れなくて、かと言って実家にも戻り辛い事情がありまして、私事ですがその前年には流産をしておりますし、いろんなことが重なって、ちょっと精神的にも参っていたところでした」

沙織ちゃんはここまで淀みなく喋り、指先で目尻を撫でるように触った。

「そんな時に幸運にも杉村さんと知り合うことができて、このボランティアに参加してみて、私は何だか、それまで如何に自分のことしか考えないで生きて来たかを思い知らされたような気がして、最初は背中から冷たい水を浴びせられたような気分でした。でも少しずつ、他人のために何かをやることが、自分をも元気にしてくれることがわかって来て、私は二週間に一度のこのお弁当作りが、本当に楽しみになって来たんです。短い間でしたけど、私にとっては本当に大切な大切な時間でした。本当にありがとうございます」

沙織ちゃんがそう言ってもう一度頭を深々と下げると、さっきよりも一段と大きな拍手が湧き起こった。

沙織ちゃんは結局総司の方を最後まで一度も見なかったが、総司は周囲のみんなに合わせて、手が真っ赤になるほど拍手をした。

沙織ちゃん――。

この前は、何のフォローもせずに逃げ出した俺を許してくれ。

人間は絶対に変われると俺は信じている。頑張って、幸せになってくれ。何もできないけど、心の中で応援している。

鶴、いや竹之内さんが、ハンカチを出してしきりに目尻を拭いている。下手糞な化粧が崩れて、鶴ではなくパンダのような顔になっている。杉村女史から花束をもらった沙織ちゃんは、まるでアカデミー賞を受けた大女優のようににこやかに微笑んだ。

第四章
老婆帝国衰亡史

Storia《ストーリア》 del《デル》 declino《デクリーノ》 e《エ》 della《デッラ》 caduta《カドゥータ》 dell'Impero《デリンペロ》 *robano*《ロバーノ》.

1

二週間後の朝、総司は十一時近くになってもまだ蒲団の中にいた。

昨夜は大学の悪友たちと麻雀をした。最近よく麻雀に誘われるのだが、スーパーエミュウの配当金目当てだとしたらお生憎様だ。あれはもう半分も残っていない。いつまでも一方的に用事を言いつけられるのが嫌なので、耳を揃えて母親にブロンコの半金を返したからだ。

何言っているんだい、いまさらそんなもの返してもらおうなんて思ってないよ――母親がほんの少しでもそれに類するようなことを言ったなら、母親の目に残像すら残らないほどの速さで引っ込めようと思っていたのだが、母親はおやそうかい、それは助かるねえ、彫金教室は材料費がかかってねえと言って、いそいそと金を仕舞いこんだ。

そして残る半分も、とある目的のために、今は手をつけるわけには行かない。

それにその麻雀だが、悪友たちのひん剝いてやろうという気合が空回りしているのか、このところ総司は滅多に負けることがない。昨日も半荘《ハンチャン》二回に一回はトップ、残りの回もほぼ二着を堅守する好調ぶりで、終電まであと少しの時間になったときは一人だけ大きく浮いていた。

残る三人は結託し、このまま始発が動く時間までの徹マンを主張して来た。ここで止めにしたい総司と当然の如く言い争いになる。一人だけ勝ち逃げしようたって、そうは行かねえぞ。別に勝ち逃げしようなんて、思ってねえよ。じゃあ良いじゃねえか、朝までつき合えよ。

だからさ——。

総司は仕方なく、翌日の給食サービスのことを持ち出した。

そして悪友たちの反応を見て、やはりすぐに後悔することになった。

「ボランティアぁ？　お前が？」

「あれか、点数制になっていて、点数持っていると自分の親がボケたときに介護してもらえるとかいうやつか？」

「そんなの知らねえよ。そういうんじゃねえよ」

「俺は聞いてないぞ！　一体いつからそんなことはじめたんだ？」

「だから卒論書くためのフィールドワークだって。やんなきゃ卒業が危ないの！」

「そんなの、やったことにして書けば良いじゃん」

「そういうわけには行かないよ」

「それじゃお前、俺たちにもボランティア精神で徹マンつき合えよ。勝ち逃げはその精神に反するだろ」

「そうだよ。たかが弁当運ぶだけだろ？　そんなの徹夜で行ったって、できるだろ！」

かなり本気で頭に来た。はじめた動機も経緯も、ここまで続けて来た理由も、決して胸を張って人に言えるようなものじゃない。だが少なくとも、そんな風に揶揄《からか》われる所以《ゆえん》はない筈だ。大した貢献ではないにしても、いちおうは他人《ひと》の為になることを行っている人間が、自分のその行為を気恥ずかしく感じたり、まるで隠れ切支丹《キリシタン》のようにそれを内緒にしなきゃいけないなんていう風潮は、やはりどう考えてもおかしいぞ！

だがここで怒りを露にすると、悪友たちにもっと揶揄われることは必至に思われた。そこで総司は、わざとふざけた口調で言った。

「一体君たちは、老人福祉について、どう考えているのかね？」

優等生の真似である。芸の細かいところを見せるため、かけてもいないメガネを直す動作まで入れてみた。

「我関せず、では済まされないのだよ？　現在のこの国の平均寿命と出生率を考えれば、やがて日本は、老人が一番多い逆ピラミッド型の社会になることは、一〇〇％間違いないのだからね」

だが悪友たちの方が、口は達者だった。

「そんなことわかっているよ。だけどそんなの、政治家が考えることだろ？」

「そうそう。俺たちだって、これからの社会における福祉の重要性くらいは充分に認識しているよ。だけどそういうことは、それを専門に行う団体なり機関なりがあるわけで、それに任せようというスタンスなんだよ。俺たちはやがて就職するわけで、そこで働いてきちんと税金を納めれば、それが回り回って福祉にも使われるわけだ。それで一体どこが悪いんだ？」

「矢口《やぐち》がいいこと言った！　福祉は確かに大切な問題だろうが、だからと言って社会の構成員がみんな福祉にかかりきりになってしまったら、その社会は何の生産も進歩もない、死んだような社会になってしまうことだろう。それに俺は、福祉というものそれ自体に、どこか胡散臭いものを感じてしまう質《たち》でね」

「胡散臭い？」

「そう。福祉とかボランティアってのは、わかりやすいからすぐに美談になるけど、本当に助けが必要な人以外のケースにおいては、逆に相手をダメにして行くという一面もあると思うからだよ。タダで何かをやってもらうようになると、やってもらう方は、いつしかそれを当てにし始めるだろう？　そしていつしか、やってもらって当然という気になって来る。そうやって結局施しを受ける方はどんどん怠け者になって行くんだ。かつて福祉大国とか言われ、その後若者の労働意欲の減退に悩むことになった北欧の国々が、いいモデルケースだよ。まあ俺に言わせれば、もちろん全部が全部とは言わないけれど、世の中のボランティアの少なくとも何割かは、奉仕する側の自己満足、あるいは偽善だね」

「そうそう。しかもそういう奴に限って、就活の面接の自己PRでさ、ボランティアで活躍しましたとか喋りまくるんだよな」

「さあグダグダ言っていないで引けよ」

総司がどう言い返してやろうか考えているうちに、もう次の半荘の場所決めのために、東南西北《トンナンシャーペー》と白板《パイパン》がそれぞれ一枚ずつ、裏返しになって目の前の卓上に突き出されていた。

「ふざけるな！　俺は大真面目にやってるんだ！」

気がつくと総司は、立ち上がって大声で怒鳴っていた。

「俺を馬鹿にしたいなら勝手にしてろ！　偽善者と決めつけたければ決めつければいい。だが現実問題として、もし俺が今日ここで徹夜して、明日弁当運んでいる途中にバイクで事故ったらどうなる？　俺が怪我するのは自業自得だとしても、俺の運ぶ弁当を楽しみに待っている爺ちゃん婆ちゃんたちは、生き甲斐を一つ失うんだぜ。俺にはそんなことはとてもできない！」

雀荘じゅうの客が自分を見ていた。

「またまた大袈裟な。生き甲斐だなんて。ただの弁当だろ？」

目から火が出るように感じた。

「曲がりなりにも親の金で大学に通えてる、恵まれたお前らにはわからないのさ。たった一個の弁当が、本当にその日を生き抜く生き甲斐になるような人たちが、この世の中には沢山いることがな！」

うーん。

蒲団の中で伸びをしつつ、枕元の時計をちらりと見た。

本当ならば、今すぐ飛び起きて急いで支度しなくてはいけない時間である。

だが今日は蒲団から出る気になれない——。

その理由は、自分自身よくわかっていた。

それは大見得を切ったあとの虚しさだった。昨夜はあんな大口を叩いて悪友たちを〈引かせて〉、何とか終電で帰ることができた。駅で別れるときのあいつらの白けた表情からすると、ひょっとするとあいつらから麻雀に誘われることは金輪際ないかも知れない。

だがそれは別に問題ではない。問題は自分の言葉が真っ赤な嘘であることを、自分自身が一番よく知っているということなのだ。実際には仮に今日俺が行くのを止めたところで、世界は何一つ変わりはしない。去る者は追わずで誰か新しい人間が入るか、俺が入る前のように何人かで手分けして運ぶようになるだけのことであり、そして数ヶ月もすれば誰も——杉村女史も、そして悲しいことにきっとカエ婆さんも——俺のことなど思い出しもしなくなる。去る者は日々に疎し、残念ながらこの世の中はそういうものだ。

だが次の瞬間総司は、母親が今日もまた煮ている金柑の甘くさい匂いの中を、のろのろと起き上がって、ライダースーツに着替えはじめている自分自身に気がついて驚いた。

やれやれ。習い性ってやつは恐ろしいな――。

数ヶ月前は手が切れるような新品だった白いつなぎのライダースーツも、今はあちこちに小さな皺が寄っている。おまけに膝のところには黒い焦げ目がある。それはかつてカエ婆さんの冗談に、思わず煙草の灰を落とした時の痕である。仕方ねえ。準備しちまった以上は行くか。今日が本当の最後のつもりで、気合入れて運んでやる。

公民館に着き黙って準備をした。新しい岡持ちには、盗まれないためのせめてもの工夫だろうか、油性のマジックペンで《公民館備品》と大きく書かれてあった。

せっかくだが、これを持つのも今日が最後になるだろう――。

どっちの順番で回ろうか、一瞬考えた。

逆回りにした。

2

角を曲がったところで、灰色の煙がもくもくと立ち騰《のぼ》っているのが見えた。

いつもは人っ子ひとりいない淋しいアパート前の空き地に、黒山の人だかりができている。

慌てて急ブレーキをかけたため、リアタイヤが一瞬浮き上がっていわゆるジャックナイフ状態になったが、今はそれどころではない。道端に急いでブロンコを停めると、人ごみをかき分けて前に進んだ。

「婆ちゃん！　婆ちゃん！」

大声で叫びながら、人ごみの中左右を見渡して、懸命にカエ婆さんの姿を捜し求めた。

だがどこにもいない——。

いつかカエ婆さんの部屋で見た、まだ火が完全に消えていないマッチの先と、無数の畳の焦げ痕が脳裏に浮かんだ。

総司は意を決すると、ひとつ大きく息を吸い込んでから、右腕の上膊部《じょうはくぶ》を自分の鼻孔に押し当て、煙の立ち罩《こ》めている外階段を目掛けて駆け出した。

階段の途中で、血相を変えて下りて来る若い男女とぶつかりそうになった。貴重品袋のようなものを抱えた男が、ばかやろうと叫びながら総司を睨みつける。彼らを避《よ》けようとして同じ方向に避けてしまい、さらに余計な時間を食ってしまった。息を止めているのが辛くなり、空気と一緒に煙を吸い込んでしまった。

苦しい。喉の奥がひりひりする。だがそんなことは言っていられない。総司は若い男女の脇をすり抜けると、そのまま階段を駆け上った。

だが二階の外廊下に出ると、煙の量は階段とは比べ物にならなかった。目がひりひりして、満足に開けていられなかった。

こういう時は、頭を低くしてなるべく煙を吸い込まないようにするのが鉄則だと、何かで読んだ記憶がある。総司は腰の悪い老人のように前傾姿勢を取ると、置きっ放しの古新聞の束や子供の三輪車などを蹴散らしながら、廊下の一番奥まで一気に駈け抜けた。

カエ婆さんの部屋の前に着いた。薄い合板製のドアはちゃんとそこにある。とりあえず恐れていた最悪のシナリオ——この部屋が出火元で、もうあたり一面が火の海——ではなかったようだ。

鍵は……幸いにもかかっていない。蹴破るようにドアを開けて中を見た。

そして総司は、思わず息を呑んだ。

ほとんどものがない、がらんとした部屋のほぼ中央で、いつもの染みだらけの割烹着を着たカエ婆さんが、くの字形で倒れている。顔の半分を畳に押し当て、まるで工場からの輸送の途中で、荷台から幹線道路に落ちてしまった人形のように、ぴくりとも動かない。

「ばあちゃん、しっかりしろ！」

部屋に土足で上がり込んでその身体を抱えると、苦痛に顔を歪めた婆さんが、ゆっくりと薄目を開けた。

「……逃げようとした時に、ギックリ腰を、やってしもうた……」

「よし！」

総司はカエ婆さんをそのまま両腕に横抱きに抱きかかえると、外へ走り出した。廊下には一段と濃く煙が充満しはじめており、ほとんど目が開けられなかった。足元がふらつき、よその家の閉じたドアノブに、肘をしたたかに打ちつけてしまった。

背後でどーんと爆《は》ぜるような音が聞こえ、ひりひりする目を懸命に開けて後ろを振り返ると、炎がまるで一匹の龍のように、廊下を一直線にこちらに走って来るところだった。肘の痛みをこらえながら、無我夢中で廊下を駆け抜けた。

だが今度は、降りるべき階段が煙で見えない。目を再び懸命に開けて見ようとするのだが、漂う煙が目に沁みて、涙があとからあとから流れ出て来るだけだ。ここら辺だろうと見当をつけて足先で探るが見つけられず、そのうち自分がどっちの方角を向いているのか、わからなくなってしまった。

「左だ左」

カエ婆さんが叫んだ。

目を瞑ったまま左側を再びそろそろと探ると、コンバースを履いた足先が、階段のはじまりを辛うじて探り当てた。背中の方から吹きつける熱風に押し出されるように、その階段を一気に駆け下りた。

途中で段を踏み外しそうになり、咄嗟に抱えた腕を高く上げる。万が一の場合も自分が下敷きになるようにだ。幸いもう一方の膝で何とか踏ん張ることに成功し、体勢を整える。建物から出ると同時に呼吸が楽になった。ようやくその時、消防車のサイレンの音が遠くの方から聞こえて来た。

「大丈夫か？　ばあちゃん？」

「……ま、まんず……」

野次馬たちの間に空いた場所を見つけて、カエ婆さんを地面に下ろした。婆さんはしゃがみ込んで地面に両手をつきながら、はあはあと苦しそうに息をついている。あるいは既に相当量の煙を吸い込んでしまったのかもしれない。瞼がぴくぴくと痙攣《けいれん》して、かつて薪の破片の直撃を受けて潰れたという真っ白い右目からも、ぽろぽろと涙が溢れている。見えない目からも、やはり涙は流れるのだなと総司は思った。

「なあ婆ちゃん、あの釦《ボタン》、この前と同じところにあるんだよな？」

「……な、なぬ？」

カエ婆さんの声は裏返っていた。

「五十治さんの形見の釦だよ！　簞笥の一番下の段だよな？　待ってろよ！　いま取って来てやるからな！」

そう言ってもう一度走り出そうとした瞬間総司は、ライダースーツのボトムの裾のあたりを、がしりと強く摑《つか》まれた。振り返ると、蛙のように四つんばいになって腰の痛みに耐えているカエ婆さんが、ものすごい形相で、片手を懸命に伸ばして自分の足首のところを摑んでいた。

「ばかこけ！　やめれ、やめれ！」

瘦せこけた婆さんの枯れ木のような腕の、一体どこにそんな力が潜んでいたのかと思うような強い力だった。

「だってばあちゃん、あれは五十治さんの唯一の形見なんだろう？」

愛する人に遺骨も遺せなかった特攻隊員のたった一つの形見——それが残された者にとってどれほど大切なものかは、想像に難くない——。

「んね！　あっだなもの大嘘だ！　ゴミ捨て場で拾ったただの古くせえ釦だ！　このばかたれ！　あっだな話鵜呑みにするなんて、まんだ尻が青いなあ！」

今や炎は、アパートの半分近くを呑み込もうとしている。古い木造のアパートだ。一つの窓が割れて炎が噴き出すと、数十秒後にはその隣の窓がという具合に次々と割れて行く。

それを見ているうちに総司は、正直背筋が寒くなるのを感じた。さっきは無我夢中で、危険だという意識自体が麻痺していたわけだが、もし飛び込むのがあと数分遅かったら、今ごろ自分はあの火の海の中だろう。そしていまカエ婆さんが止めてくれず、イキがってもう一度あの中に飛び込んでいたら、自分は確実にいま、あの中で紅蓮《ぐれん》の炎に巻き込まれていることだろう……。

「はい、下がってください下がって！」

ようやく到着した消防隊により、遅ればせながら消火活動がはじまった。消防士たちが慎重にノズルを回すと、ホースの先から炎目掛けて水が勢いよく飛び出して行く。だがそう簡単には消えない。一ヶ所収まったかと思うと、また別のところから炎と黒煙が噴き出す。

「うわあ、すげえ！」

野次馬の一人の、妙に楽しげな声が耳に響いた。

「怪我人はいませんか！　怪我人は！」

だみ声の救急隊員が叫びながら回っている。総司はつま先立ちで伸び上がると、その隊員に向かって懸命に手を振った。

ようやくそれに気づいた一人の隊員が、横にいたもう一人に声をかけ、二人は担架を手にこちらに向かって来た。

「ばあちゃん、念のため一応病院で診てもらった方がいいよ」

「……め……」

救急隊員たちに後を任せ、何か言いたげなカエ婆さんに背中を向けると、総司は急いで一旦バイクに走った。

戻って来ると、カエ婆さんはすでに彼らの手で担架に乗せられて、救急車の後部に運び込まれようとしているところだった。

「ばあちゃん、これ食べられたら病院で食べろよ！」

大急ぎで岡持ちから取って来た今日の弁当を、婆さんに手渡した。救急隊員の一人は首を巡らせてじろりと総司を見たが、何も言わずに搬入作業を続けた。担架に横たわったまま、弁当を胸の前で受け取ったカエ婆さんは、片手で弁当を押さえながら、もう片方の手で総司の手を取り、もぐもぐと何ごとかを呟いた。その手は紙のように薄く、かさかさに乾いていた。

「……んな」

「えっ？」

だが残念ながら周囲があまりにも騒がしくて、何と言ったのか正確に聞き取ることはできなかった。煙が再び沁みたのか、カエ婆さんの深い皺の奥の 皹《あかぎれ》 のような目の両方から、幾筋かの涙が流れ出ていた。

救急隊員が顔を上げてもう一度総司を見た。一緒に乗っていくのか、と尋ねている目だ。乗って行きたいのは山々だが、こんな自分でも、今日は待ってくれている人間が沢山いる。

「じゃあ俺行くぞ！　まだ配達残っているからな！」

総司はそう言って救急車のバックドアを降りた。

今日の俺って、自分で言うのも何だが、結構カッコ良かったんじゃないか？――そんな充実感を覚えながら、総司はカエ婆さんを乗せた救急車が出るのを見送ると、それから残りの弁当を運ぶために、ゆっくりとブロンコのシートに跨がった。

3

その日の夜中、夢を見た。自分は見渡す限りいちめんの野原にいる。野原にはれんげ草やタンポポが沢山咲いている。

その緑の草花たちの只中に、十五歳くらいの、前髪をひたいの真ん中で分け、三つ編みのお下げを両脇に垂らした一人の少女が、何も言わずにしゃがんでこちらを見ている。

全くの見知らぬ少女で、清楚な顔立ちをしているのに、どこか不安げで暗い眼差しをしている。

総司が近寄ると、少女は怯えたように立ち上がる。その手には綿毛になったタンポポが、一輪握られている。

総司が一歩踏み出すと、少女は首を振って後ずさりする。

総司が足を止めると、少女も立ち止まる。

だが近づこうとすると、また首を振りながら後ずさりする。

仕方なく総司は完全に立ち止まって、少女が何か言うのを待った。

だが少女は何も言わない。ただふう、と息を吹いて、手に持っていたタンポポの綿毛を総司に向かって飛ばすと、そのままくるりと踵を返して走り去って行った。追いかけようと思ったが、今度は足がひどく重くて動かない。

野原に蹲《うずくま》っていた時は目に留めなかったが、遠ざかっていく少女は絣《かすり》の着物に、巣鴨のおばあちゃん向けの店で売っているような、おなかのところで紐を結ぶタイプのズボンを穿いていた。

目が覚めると朝になっていた。

何であんな知らない人の夢を見たのだろうと不思議に思いながらベッドから脱け出した総司は、着替えて顔をちょうど洗い終えたところで、杉村女史からの電話を受けて、思わず言葉を失った。

そうなの。そもそも有害な煙を大量に吸い込んだショックで、血圧がひどく低下していたんだけど、それに加えて熱い空気で火傷した上気道が浮腫《ふしゅ》になって、夜中に気道狭窄《きょうさく》を起こしたらしくて——。

救急車に乗ったのだから、もう何の心配も要らないと単純に信じ切っていた。だからその日の午後はそのまま弁当運びを続けたのだ。

見舞いに行くことはもちろん考えたが、夜は単発のバイトが入っていたし、そもそもどこの病院に運ばれたのかがわからない。たぶん杉村女史は把握しているだろうから、昼ごろにでも電話して、午後から見舞いに行こうと思っていたところだったのだ——。

婆ちゃん、ネタだよな？

杉村さんと二人して、俺をかつごうとしてるんだよな？

悪いけど、さすがにこのネタは笑えないよ。趣味悪いよ。

そう思いながら教えられた住所に向かった総司だが、市営のこぢんまりとした通夜会場の入口で、黒枠に囲まれた内海カエという名前を見たときは、目の前が冥《くら》くなった。


——


葬儀はその翌日、同じ敷地内の葬祭場で営まれたが、当然のことながら会葬者の数はまばらだった。ほとんどが給食サービスの関係者と老人仲間、それに辛うじて全焼はまぬがれたアパートの、付き合いのあった住民たちだった。その中に一人背広姿の恰幅の良い中年男がいて、葬祭場の若い職員と何やら話し込んでいた。市の福祉課の人か何かだろうかと総司は思った。

話を聞くと、火事の原因は天プラの油らしかった。油にコンロの火が引火し、そのままならボヤ程度で済むところを、慌てた若い夫婦が水をかけ、天井まで燃え移るような火柱

う。貴重品をまとめていたというから呆れる。消防車の到着が遅くなったのもそのためだとい
を上げてしまったらしい。しかもその夫婦は、通報するのは後回しにして、逃げるために

一体いつ撮ったものなのか、遺影の中のカエ婆さんは、目の上の創痕《きずあと》も隠さずに、まじめすぎるほどまじめな顔で白黒の写真に収まっていた。いつも二言目には冗談を言うカエ婆さんらしくない遺影だったが、せめて最期はきちんとするつもりで準備していたのかも知れなかった。順番が回って来た総司は、そのまじめな顔の遺影に向かって焼香をした。

昨夜、若い頃の姿で現れたあの瞬間、婆ちゃんは息を引き取ったのだろう。これまで夢枕なんてものは非科学的と馬鹿にしていた総司だが、何故か素直にそう思った。

「ねえ、五十治さんって、俳優とかタレントで言ったら誰に似てたの?」

つい先日、そう言ってカエ婆さんを質問責めにした日のことが憶い出された。

大学のクラスメイトの中には、学食の椅子に何時間も座ったまま、〈コイバナ〉と称して、自分の恋愛話をやたらにしたがる、あるいは他人の色恋沙汰をやたらに聞きたがる奴がいたが、総司はそんな連中が大嫌いだった。何がコイバナだ。そんなもの聞きたくもねえ。

だがカエ婆さんと五十治さんの、今から六十年以上も前のロマンスには、不思議なことに、ものすごく興味があるのだった。

「そうじゃなあ、サダケイジかのう」

「誰それ。知らないよ」

「じゃあ、アカギケイイチロウ」

「それも知らないよ。最近の人で言ってくれよ」

「最近の人は知らん」

「そっか。テレビ映らないもんなあ……。じゃあさ、五十治さんの趣味とかは？」

「趣味は……だから本を読むことと、オートバイに乗ることじゃ」

「ああ、そうか」

いつかカエ婆さんが、オートバイに乗る男は男らしくて良いと言っていたことを憶い出した。

「五十治さんは、どんなバイクに乗ってたの？」

「な、名前は知らん。でっかいやつじゃ」

「じゃあひょっとして陸王とか？」

「そんな名前だったかも知れんなあ」

「すげー！　だけどその当時、陸王なんか乗り回していたら、恐ろしくモテただろうね。しかも五十治さんはカッコ良かったんでしょう？」

「もちろんじゃ」

「だったら実は五十治さん、ひょっとしたら婆ちゃんの他にも女がいたかも知れないよ？」

ちょっと揶揄《からか》ってやれと思って言っただけなのだが、その瞬間カエ婆さんは、ものすごく悲しそうな顔をした。それを見て総司は、ああこの人は、五十治さんのことが本当に好きだったんだなあと思い、即座に自分の心無い言葉を反省したものだった。それだけの年月、気持ちが変わらないなんてすごいな——。

カエ婆さんはあの世で、五十治さんと再会することができたのだろうか。今度こそ握ったその手を離すんじゃねえぞと思いながら、総司は遺影に向かって神妙に両手を合わせた。

「ばあちゃん、俺らの弁当がない日はどうしてんの？　お昼とか」

「昨日《きんな》はそうめんだったな。前に一回訊いた時も、そうめんだったよな」

「またかよ。前に一回訊いた時も、そうめんだったよな」

「んね。あん時はひやむぎだ」

「同じようなもんだろ！」

「あんさん、あたしに高いそうめん送らねっけが？」

「えっ、俺が？　いや、送ってないよ」

「んだがした。一昨日《おととい》宅配便のトラックが三回もこの前の道を通ったからよ」

「そりゃあ一日に何度も通ることだってあるだろうさ」

「んだがした。勘違いだがした」

「うん、残念だけど勘違い」

そんな会話を交わしたのは、ついこの間なのに――。

「贈答品の細こいそうめんは美味いずね。百円均一で売ってるのとは全然違うずね」

「ああ……何とかの糸とかいうやつ？　確かにあれは全然違うね。婆ちゃんあれ好きなのか？」

「好きだなー。んでも贈らねくて良いからな。気い遣うなよ」

「遣わねえよ！」

「あたし、明後日昼間出かけっからな。家さいねがら荷物なて送るなよ」

「だからさ……」

「ただしその日以降なら、いつでもいいぞ」

総司は諦めて言った。

「わかったよ。無事に就職できたら、初任給で贈答用の高いそうめん、送ってやるよ」

「何。ほっだなごと、ひとことも言ってねじぇ」

「いま露骨に催促してたじゃねえか！　このクソババア！」

いつの間にか、そんな遠慮ない口を利ける仲になっていた。年の離れた人と話すのが、大の苦手だったこの俺が――。

葬儀の帰り道、杉村女史がぽつりと言った。

「あのお婆ちゃんには何度も笑わせてもらったわ。最高に面白いお婆ちゃんだったわね……」

「ええ……」

総司はそっと頷いた。

「どうしてかしら。いつもの時と違って、お葬式なのにあまりしんみりしないわ。何だかあのお婆ちゃん、まだ生きてるみたい」

4

そんな葬儀から一週間ほどたったある日のこと、総司は突然、末永《すえなが》と名乗る弁護士からの電話を受けた。

内海カエさんとの関係を知りたいから事務所に来てくれと言う。

なぜ弁護士がと不審に思いながら、電話で教えられた住所に赴いた総司は、ああと合点した。そこにいたのは、葬儀のときに見たあの恰幅の良い中年男だったからだ。

「内海さんの遺言執行者の末永です」

中年男は名刺を差し出しながら、顔の上にテープか何かで貼りつけているのではないかと疑いたくなるような笑顔を見せたが、総司はただただ茫然とするばかりだった。カエ婆さんの遺言執行者？　この人は一体何を言っているんだ？

とりあえず示されたふかふかのソファーに浅く座ると、弁護士はその向かい側に深々と腰を下ろした。上下黒のスーツに身を包んだ容姿端麗な若い女性が、コーヒーと紅茶のどちらにしますかと訊いて来たのでコーヒーと答えた。

彼女はコーヒーを二つ運んでくると、そのまま部屋の隅の小さな机の前に腰を下ろして、ノートパソコンに何やら打ち込みはじめた。きっと容姿だけで採用した秘書なのだろうなと、下衆な勘繰りをしている自分に気付いて軽く自己嫌悪に陥った。

末永弁護士は「冷めないうちにどうぞ」と総司に勧めてから、先にコーヒーに口をつけた。総司は軽くお辞儀をしてからコーヒーカップを手にした。

まずブラックで一口飲んでみた。高い豆を使っているらしく、コーヒーは美味しかった。カップはロイヤルコペンハーゲンだった。一口飲んでからカップをソーサーに下ろすと、カチリという乾いた音が響き、良いカップは音が違うなあと総司は思った。スティック状の砂糖とポーションミルクが付いていたので、二口目はミルクを入れて味の変化を楽しんだ。

「内海さんとは、僕がとある大手の弁護士事務所に勤めている時に、遺言状の書き方を教えて欲しいと言っていらして以来の付き合いでね。それから作成された遺言状を預かって、書き換える際にもアドバイスさせてもらった。僕は途中で独立したわけだけど、その関係で今回、遺言執行者を引き受けることになった」

「はあ……」

総司は生返事を返した。

「それじゃあ、まどろっこしいことは嫌いなので単刀直入に訊くが、君と内海カエさんの関係を教えて貰いたい」

末永弁護士はそう言って再び笑顔を見せたが、その目は笑っていない。総司の戸惑いはさらに大きくなった。

「関係と言われても……僕はただ月に二回ほど、無料のお弁当を運んでいただけですけど？」

「もっと詳しく」

事情はさっぱり飲み込めないが、総司は給食サービスのことをかいつまんで話した。

「ふむ……。内海さんが、地域のボランティアサービスを受けていたことは知っている。お葬式のときも、君も含めて何人かが来てくれていたね。だがそれだけかね」

「基本それだけですよ。まあそれ以外の時に遊びに行ったことも、何回かはありますけど……」

「それは、たとえばどういう時？　何をしに行ったの？」

馬券を当てた時の話なんかもするべきなのだろうか？　だが弁護士の顔を見る限り、適当にはぐらかしたような答えでは、納得しないことだろう——。

そこで総司は、弁当運びを始めた頃のことから、これまでのことを、順を追って話すことにした。

適当に端折《はしょ》りながらも一通り話すにはそれなりの時間がかかったが、それを聞いても弁護士は、やはり不満そうな表情のままだった。組んだ脚の上に置いた指で、スラックスの下の自分の膝を忙しく叩きながら言った。

「じゃあ君は遺言状の内容については、全く知らなかったと言うのかね」

総司は首を横に振った。

「と言うか、そもそもカエ婆さんが遺言状なんてものを遺していたこと自体、僕には全くの初耳なんですが……」

「ふむ……」

恰幅の良い弁護士の顔からは、最初の笑みはいつしか消えていた。

「内海さんが僕のところに、遺言状を書き換えたいと言って来たのは、今回の火事が起きるほんの数週間前だ。したがって新しい遺言状になってほどなく、内海さんは亡くなったことになる」

「だから何なんです？　何が言いたいんです？」

「つまり言葉は少々悪いが、君を疑おうと思えば疑えるということだよ」

「はあ？　疑う？　一体何を疑うんですか？」

「何らかの犯罪的な行為、あるいは犯罪すれすれの行為をだよ」

「はあ……」

身体から力が抜けた。疑いたいなら勝手に疑ってくれ。このまま席を立って帰ってしまおうかと思った。

「君は本当に何も知らなかったのかね」

弁護士は試そうとするかのように、もう一度総司の顔を凝《じ》っと見つめた。

「だから何をですか」

総司は苛々しながら答えた。

「遺言状の内容だよ」

「さっき言った通りです。そんなものを遺していたこと自体全く知らなかったので、面食らっているところです」

「ふう」

弁護士は再び口を開く前に、息を大きく吸った。

「内海さんの遺言状には、貯金の全額を君に譲ると書いてある。知っての通り、指定相続はあらゆるものに優先する。内海さんは身寄りがないから遺留分もない。したがってほぼ全額が君のものだ。もちろん僕の弁護士報酬としての遺言執行手続き料は、そこから差し引かせてもらうがね」

「はあ？　貯金があったんですか？　新しいヤカンすら買えなかったカエ婆さんに？」

訝しげに訊き返す総司の顔を、末永弁護士はなおもしげしげと眺めていたが、やがてゆっくりと首を横に振った。

「どうやら本当に知らなかったらしいな」

「はあ……」

それから末永弁護士が口にした金額を聞いて、総司は今度は腰を抜かさんばかりに驚いた。

「そ、それ、本当なんですか？　どうしてあのお婆ちゃんが、そんな大金持っていたんですか？」

「うむ。僕も君と同じで、最初はどうしてこんなお金を持っているのかを不思議に思って、出所を訊いたんだよ。事務所にやって来た内海さんの恰好が、あまりにも見窄《みすぼ》らしいものだったからね。後で聞いたところ、実はそれは内海さんの一張羅だったんだが……」

「はあ」

「内海さんは、今から約四十数年前に宝くじで一等を当てられたのだそうだ。当時の一等賞金は一〇〇〇万円だ。だが内海さんはそれに一切手をつけることなく、そのまま全額郵便局に預けた。それから四十数年、その途中には十年定期で預ければ元金が二倍になるような、今ではとても考えられない高金利の時代もあって、こんな額に膨れあがった、そういう説明だったがね」

「宝くじ……」

一瞬なるほどと思ったが、すぐにその次の瞬間、果たして本当だろうかと訝った。そんなに簡単に宝くじの一等なんて当たるものだろうか？

確かにカエ婆さんには、一種の霊感めいたものがあったような気がするが、そういうものも、自分の利益に直接つながるものに関しては、働かないようになっているようなことを聞いたことがある。事実この前の宝くじも、かすりもしていなかった。ひょっとすると宝くじうんぬんは、対外的な〈説明〉にすぎないのではないのか？

何度かカエ婆さんの家の玄関で見た茶色の封筒、あれは一体何だったのだろう。郵便受けから信用金庫の外回りの人の名刺と手紙を取り出していたこともあった。婆ちゃんは話の中で自分のことを、〈幼い頃から他人の心の中を読むのが得意だった〉と言っていたが、果たして読むのが得意だったのは、心の中だけなのだろうか？

カエ婆さんは、直前で雨があがった夜の十時から十一時の間に人と会うと、会った人の未来を視ることができた——それが総司の導き出した推論だった。その能力が本物だったのかどうかは、今となっては知る由もない。だが重要なのは、その能力を口コミで知って、その条件下でカエ婆さんの許を訪れた人間たちが、教えて貰ったことに対し、あるいは助けてもらったと感じ、対価を払ったということだ。あの婆ちゃんがそんな大金を貯めていた理由としては、それ以外に考えられない。

そしてもしカエ婆さんに、何らかの特殊な能力があったのだとしたら、夢の中で見た少女が不安気な眼差しをしていた理由も想像がつく。

あの少女にとって、あの時代は正に地獄のようなものだったことだろう。自分の周囲の人間の多くが、血まみれになって、あるいは炎に包まれて死んで行った時代だ。だが視えたことをうっかり口にしたら、不吉なことを言う子として折檻を受ける。どうしてこんな能力が与えられたのかと、さぞかし天を恨んだことだろう。

だが与えられた単純な説明で納得しているらしい末永弁護士をこれ以上問い詰めたところで、これ以上の情報が得られそうにないこともまた明らかだった。そこで総司は弁護士に向かって頷きながら言った。

「とりあえず犯罪がらみのヤバいお金ではないということを知って吻《ほ》っとしました。でもカエ婆さんはどうして最後まで、このお金に手をつけなかったんでしょうか?」

すると弁護士は、一転して眉間に皺を寄せた。

「うむ、結論から言うと、それは僕にも正確にはわからない。ただ強いて言うならば、使い途がなかった、というところだろうね」

のだっ「使い途がなかった？」

「ああ。内海さんの生活は、君も当然ある程度は知っているだろうが、質素そのものだった。擦り切れるまで同じ服を着て、よく見えない目でスーパーで安売りのものを買って来ては蚕のようにそれを食べて、遊びにも行かず、正に爪に火を点《とも》すような生活をしていた。そういう人に、いきなり大金を使えと言ったって、なかなか使えるもんじゃない」

末永弁護士は座ったまま腕組みをして、総司の視線を受け止めながら言葉を継いだ。

「それに内海さんは若い頃から片目が不自由だったが、その分一針一針丁寧な仕事をするから、洋裁の仕事の評判も良かった。働き盛りには、それこそ朝起きてから夜寝るまで、一日中針を持っているような生活だったらしい。だからぜいたくをしなければ、このお金には手をつけずに生活できたんだな。そしていよいよもう一方の目も悪くなり、裁縫の仕事ができなくなった後も、毎月の年金だけでつつましく暮らしていた。そうしてこのお金を、そっくりそのまま遺すことに成功したというわけだ」

総司は黙り込んだ。それは果たして〈成功した〉と言えるのだろうか？

「あとこれは僕の想像だが、ひょっとするとなくなるのが怖かったからかも知れないなあ。こういう仕事をしているとわかるんだが、独り暮らしのお年寄りが、虎の子の貯金をそっくりそのまま遺して亡くなることは、意外によくあることなんだよ。最後に頼れるのはそのお金だけだとわかっているから、一度取り崩してしまうと、すべてなくなってしまうように思えて、なかなか手がつけられないんだろうね」

弁護士が饒舌に喋るのを聞きながら、総司は一人考えを巡らせていた。もしも仮に自分が想像しているような形で得たお金だとしたら、カエ婆さんがそれに一切手を付けなかった理由は何となく想像できるのだ。恐らく潔《いさぎよ》しとしなかったのだろう。自分自身のためにそれを使うのは。

もし宝くじが本当に当たったら、その賞金こそは、大手を振って自分のために使うつもりだったのかも知れない。だがそれは結局叶わなかった——。

「さっき僕は、こんな額に膨れ上がったと言ったけど、実ははっきり言うと膨れ上がったどころか、目減りもいいところなんだよね。昭和四十年代の前半だったら、二〇〇〇万あれば軽井沢の別荘が買えたんだよ。そんな時代の一〇〇〇万だ。有効に使えば、内海さんの人生もきっと変わっていただろうにねえ」

カエ婆さんの説明を疑っている素振りもない末永弁護士の顔を、総司はぼんやりと見返した。だが恐らく知らず知らずのうちに厳しい表情になっていたのだろう、今度はさっきとは逆に弁護士の方が先に視線を逸らし、デスクの上の書類を何枚か取り上げながら続けた。

「まあ君と内海さんの関係については、まだ完全に納得できたわけではないが、内海さんの死因には特に不審な点はないわけだし、火事の原因にも君が無関係なことは、はっきりしている。さっきはわざと挑発的な言葉を並べて君の反応を見ただけだから、あまり気にしないで欲しい」

「はあ」

「じゃあ今日はとりあえず、この書類にサインをもらおうか。家庭裁判所での遺言状の検認手続きが終われば、君は晴れて遺産を全額相続することになるよ。羨ましいね。僕も君くらいの年齢でこんな大金を手に入れていたら、もっと早くイソ弁をやめて独立できただろうし、もっといろいろなことが楽だっただろうなあ」

「ちょ、ちょっと待ってください」

勝手にどんどん話を先に進めようとする末永弁護士の言葉を、総司は慌てて遮った。

「それを受け取るとは、僕はまだ一言も言っていませんよ」

「ああ?」

「僕はそのお金、受け取るわけには行きません」

「どうして?」

弁護士はきょとんとした。

「だってそれを受け取るだけのことを、僕はしてないからです。僕はただ弁当を運んでいただけです。その僕がカエ婆さんの遺産を受け取るなんて、絶対にまちがっています」

すると、本気で羨ましそうにしていた末永弁護士の表情が微妙に変わった。

「それはひょっとして、相続権を放棄するということかね？」

「そういうことに……なりますかね」

「ちょっと待ちなさい。もし仮に君が相続権を放棄したら、内海さんがお金持ちのオーダーメイドや寸法直しなどを、一針一針丁寧にこなしながら、爪に火を点すような生活を送ってそっくり遺したこのお金が一体どうなってしまうのか、君にはわかっているのかね？」

「だって……いくら身寄りがなかったと言っても、宇宙人じゃあるまいし、遠縁の親戚が一人もいないということはあり得ないでしょう？　何とか捜し出してその人にでも……」

だが末永弁護士は勢いよく首を横に振った。

「おいおい、君はこの国の法律を知らないのかい？　日本の法律は、血縁無限相続主義を採っていないんだよ。外国の小説なんかによくある、遠縁の資産家の親戚が死んで、貧乏だった青年がある日突然大金持ちになんてことが、この国では起こらないのはそのせいだ。我が国では遺言状で指定されていない限り、遠縁では相続人になる資格はないのであって、法定相続人が誰もいない以上、もしも指定相続人である君が受け取りを拒否すれば、遺産は自動的に全部国庫に入ってしまうんだよ？　それでも良いのかね？」

知らなかった。それは一般教養の授業の法律クイズでは出なかった——。

「まあ世のため人のために正しく使われるならば、国庫に入ることも意義のあることなのかも知れないが、ゼネコンが大儲けするだけの無意味な公共事業や、外郭団体に天下りしたキャリア官僚たちの法外な額の退職金、テレビに出て大金を稼いでる芸能人の家族が何故か受給できてしまう生活保護費、あるいはただばらまくだけで感謝もされない無償ODAなんかに化けるだけかも知れないわけだ。君はそれでもいいのかね？　それは内海さんの望んでいたことではないと僕は思うがね。内海さんの普段の生活からしたら、きっと僕の法律相談料や自筆証書遺言作成指導料だって、目の玉が飛び出るような金額だったに違いないんだ。それでも自分が死んだ後、虎の子のお金が、みすみす知らない人間に取られてしまうのは嫌だと思ったから、清水の舞台から飛び降りるような気持ちで法律事務所の戸を敲《たた》いたんだよ？　その気持ちはわかってあげないのかね」

総司は一瞬言葉につまった。

だがやがて、最善と思われる策に思い至って口を開いた。

「それじゃあ……僕がカエ婆さんの遺産を一旦相続して、それから改めて僕がそれを誰かに贈与するということは、できるわけですか？」

「それはまあ、不可能ではない。ただ相続のときは現在五〇〇〇万円まで基礎控除があるから、君はほぼ無税で内海さんの遺産を受け取ることができるが、君から第三者の手に渡る時は、生前贈与になるから贈与税がかかってしまう。これがもう国家の横暴としか言いようのないような高い税率で、僕は以前から怒りを禁じ得ずにいるんだが……」

「じゃあそうして下さい」

どうやら末永弁護士は、国に余分な税金を払うくらいなら、札束を燃やしてしまう方がマシというような考えの持ち主らしかったが、総司はその説明を途中で遮って続けた。

「カエ婆さんには、僕なんかよりも百万倍、いや恐らくもっともっと大切だった人がいたんです。僕は聞いて知っているんです。その人はもうこの世にはいませんが、その方の遺族はきっといる筈です。カエ婆さんのお金は、その人のところに全額行くべきです。カエ婆さんもできればそうしたかったのに、迷惑がかかるかも知れないと考えて、遠慮したのに違いないんです」

末永弁護士は片方の眉毛だけを顰《ひそ》めて総司を見た。

「その大事な人とは、一体誰かね。僕も内海さんとは何度も話をしたが、内海さんは戦争で両親もお兄さんも亡くし、自分は全くの天涯孤独だと仰っていたよ？　そんな人がいるような素振りは、僕には一度も見せたことはないんだがね」

総司は改めて話をはじめた。途中で弁護士が何度も質問を挟んだため、結局総司はカエ婆さんと出会った時から今日までのこと、ほとんど全てを話すことになった。

話し終わったときには、窓の外はもう暗くなりかけていた。末永弁護士は一つ大きな息を吐きながら、総司の顔を見つめた。

「それじゃあ君は、その黒木《くろき》五十治さんという方の遺族が見つかって受け取りを承諾したら、その方に遺産を譲ると言うのかね」

「そうです」

「全額かね？」

「はい」

「だがその五十治さんという方は、もう六十年以上前に亡くなっているわけで、その血筋の人と言っても、そのご本人と会った事があるどころか、五十治さんという人の存在すら、ほとんど知らないということさえあり得るわけだ。それでも譲るというのかね？」

「はい」

総司はきっぱりと言い切った。カエ婆さんだって、本当は五十治さんに使ってもらいたかったことだろう。だがそれが元より不可能である以上、少しでもその血を引く人に譲られれば喜ぶに違いない。少なくとも自分よりはその人の方が、カエさんの遺したものを受け取るには絶対に相応しい――。

すると末永弁護士は、恰幅のいい腹を上下させてから、ふうと一つ大きな溜め息を吐いた。

「わかった。どうやら僕は君のことを誤解していたようだ。今だから言うが、最初内海さんの書き換えられた遺言状を見たときは、これは新たなる詐欺の一種で、君のことを身寄りのないお年寄りに取り入って財産を狙う、とんでもない悪党ではないかと疑っていたんだ」

総司は心の中で苦笑した。今だから言うも何も、この事務所に一歩足を踏み入れた瞬間から、僕はそれに近い空気をひしひしと感じていたんですが――。

「だがそれが内海さんの、遺言状にも書けなかった本心だと言うのなら、仕方がない乗りかかった舟だ、協力させてもらうよ」

「ありがとうございます」

総司は頭を下げた。

「もちろん調査の実費は君に請求させてもらうよ?」

「そ、それはバイトして、何とか払います」

「ふむ。それからこれは僕の個人的なお願いなんだが、内海さんはこれだけの額の貯金を持ちながら、自分のお墓すら買っていなかった。遺骨は現在寺に預けてあるが、このままでは無縁仏になってしまう。内海さんはそれで一向に構わないと考えていたようだが、どうかね、遺産の一部で内海さんが安住できる場所を用意してあげるというのは。お墓じゃなくて、納骨堂のようなところで構わない。もちろんこれは僕の希望であって、決めるのは君なんだがね」

もっともな申し出だと思った。総司は頷いた。

5

それから待つこと二週間あまり、総司はようやく再び末永弁護士からの連絡を受けた。なるべく早く事務所に来て欲しいという。

その翌日はあいにく篠つくような雨だったが、総司はわくわくしながら雨の中、事務所にブロンコを飛ばした。

例の黒スーツの美人秘書がタオルを渡してくれたので、それでヘルメットやライダースーツについた雨滴を拭い、前回と同じソファーに腰を下ろすと、今回は何も言わずにコーヒーが出て来た。しかも今日は初めから砂糖はなく、ミルクのポーションだけが横に添えられている。一人一人の好みをちゃんと憶えているのかと総司は、今日もまた部屋の隅に座った彼女の横顔を、愕きと共に見つめた。

末永弁護士はまず、寺の納骨堂に空き区画が一つあったので、とりあえずそれを押さえた旨を述べた。

「どうもありがとうございます」

総司は頭を下げた。

「いやいや、これは僕が提案したことだから」

だがそう言う末永弁護士の表情は、どことなく硬い。前回見せた対顧客用のマスクのような笑顔すら、今日は最初から貼り付けるのを忘れているような雰囲気だ。

何となく嫌な予感が総司の背中を走った。まさか五十治さんの遺族も、もう既に誰一人この世にはいないなんてことはないだろうな……。

ところがあにはからんや、その次にいきなり訊かれたのは、総司からすると全くの予想外のことだった。

「君がこの前言った話は、本当に全部内海さん本人が話したことなのか?」

「は? それは一体どういう意味です?」

総司は、少しムッとしながら言葉を継いだ。

「ひょっとして、五十治さんの血を引く人が誰も見つからなかったんですか?」

すると末永弁護士は首を静かに横に振りながら続けた。

「我々の調査能力を舐めてもらっちゃ困る。興信所も使ったがね。ちゃんと見つかったよ」

なあんだと思い、吻《ほ》っと胸を撫で下ろした。

だがそうならば、末永弁護士のこの硬い表情は一体何なんだ? 再び不安になって尋ねた。

「何か問題でも?」

「結論から言おう。どうも内海さんの話の中には、幾つか事実とは異なる部分が混じっているようなんだ。もちろん生まれや育ちなどの基本的な部分は本当なんだがね。それ以外の部分がどうもね……」

「事実とは異なる部分？」

「うむ。とりあえず具体的に言うとだね……。たとえばその……五十治さんという方に関することについて言うならば……」

まるで国会答弁のような末永弁護士の悠長な語り口が我慢できなくなり、総司は思わず途中で口を挟んだ。

「だけど、遺族が見つかったということは、当然五十治さんは実在していたんでしょう？」

「ああ、それは間違いない。黒木五十治という人は、確かに実在の人物だ。遺影も見せてもらったが、太い眉に広い胸、がっしりとした四角い顎、男らしい怒り肩、内海さんの話に出てくるイメージそのままの人だった」

「で、その人は戦争で……」

「うむ、それも間違いない。確かに一九四五年の一月に、フィリピン・ルソン島のリンガエン湾において、㋹という特攻用のモーターボートに乗って、米艦に自爆攻撃を敢行して亡くなられている。ちゃんと戦没者名簿にも載っている」

話の糸口をここに定めたのか、弁護士の歯切れが良くなった。

「新婚わずか三ヶ月だったのに、可哀相だね。だが特攻隊員の多くは予科練あがりや、この人のように学徒動員で召集されたばかりの初等兵だったんだよ。彼らはほんの僅かばかりの訓練だけを受けて、死ぬためだけに前線へ送られた。エリートである海軍兵学校や陸軍士官学校出身の将兵たちは、本土決戦用に温存されていたんだ」

「ちょ、ちょっと待って下さい。いま、新婚三ヶ月って言いました?」

総司は慌てて訊き返した。それじゃあカエ婆さんと五十治さんは、短い期間とはいえ、ちゃんと結婚していたのか? 何だか少し嬉しくなった。

「正にそのことだよ、僕が言いたいのは。五十治さんは実在していたけど、内海さんとの関係が、どうも内海さんの話の内容とは食い違っているんだ。その方にはれっきとした婚約者――もちろん内海さんではないよ――がいて、出征の三ヶ月前に祝言をあげて、二人の間には女の子が一人――その子が生まれたのは本人が戦死を遂げられた後だが――いる。その後の困難な時代を、孤閨《こけい》を守りながら女手一つで娘さんを育て上げたというその未亡人は、やはりかなりの高齢で今では曾孫さんもいるが、まだしっかりされていて、今回の話をしたら、そんなお金は受け取れないときっぱりと言われてしまった。あの人に自分以外の女性がいたなんて認めるわけには行かないし、そもそもそれは絶対に事実ではないと言うんだな」

「そ、そんな……」

総司は言葉に詰まった。さっき一瞬喜んだだけに、余計に失望感が強まった。

「だからそうなると、内海さんの憶い出話は、まるっきり辻褄が合わなくなるんだよ。黒木五十治さんは出征の時はもう結婚されていたわけだし、出征の前日は家に親族が全員集まっていて、良人《おっと》は家から一歩も出なかったと未亡人がきっぱり断言されている。いわば完璧なアリバイが成立するわけで、あの蛍を見ながら川べりの道を二人で散歩したという美しい情景も、残念ながらやはり内海さんの作り話だと判断せざるを得ない」

「その未亡人が嘘をついているのかも知れないでしょう」

総司は反論した。

「嘘をついて、未亡人に何か得することがあるだろうか。認めてしまえば、かなりまとまった額のお金が転がり込むと言うのに。わざわざ嘘をついてまで、それを拒む理由がどこにあるのだろうか」

「何か特別な事情があるとか……」

「どんな事情があるのか、僕には想像もできないが、まあいい。君のその反応も理解はできる」

末永弁護士は眼鏡の縁を光らせながら冷静に続けた。

「だが、これはどうだろう。内海さんが結婚していたという事実はどこにもない。それに内海さんの右目の失明は、台風の夜に薪割りをしていて、飛んで来た薪の破片が突き刺さったことによるのではなく、先天的な病気によるものだ。これらのことは戸籍や病院のカルテなどにはっきり記されているんだから、否定しようのない事実だろう？」

「そんな馬鹿な！」

「だが事実はそうなんだよ。内海さんの右目は先天緑内障で、具体的には房水を排出する役目を果たしている前房隅角の形成異常が原因ということだが、生まれた時から極度の弱視で、ほぼ十五歳の時に完全失明したことが、カルテにはちゃんと記されていたよ」

「…………」

「つまり内海さんの話は、そのかなりの部分が作り話なんだよ。もちろんひょっとしたら不自由な目で薪割りをしていて、その際薪の破片が目を直撃したこともあったかも知れない。暗い夜道などを歩いていて、前の人が通った後に跳ね返った木の小枝などで、眼球を傷つけられるようなこともあったのかも知れない。だが失明の原因はそれではない。隻眼や弱視の方が、正常な視覚の持ち主よりも怪我をしやすいことは間違いないし、内海さんにはそれを思わせるような右目の白濁化や創痕《きずあと》も確かにあったわけだが、あの創痕なども、失明した後についたものだと考える方が自然だ」

「結婚していたというのも嘘なんですか？」

「我々はちゃんと調べたよ。使った興信所も絶対に信用できるところだし、間違いない。

さっきも言ったとおり、その事実はどこにもないね」

弁護士はにべもなく言った。

「それにね、いちおうは戦後の話なんだ。拾ってきた犬や猫じゃあるまいし、離縁した妻を着の身着のまま叩き出すなんてこと、できないよ。昭和二十一年に公布された日本国憲法の第14条は、法の下でのすべての国民の平等を謳っているし、第24条は、婚姻において夫婦が同等の権利を有することを保障している。その当時既に、一方的に離縁されそうになった女性を救済するための、相談所のようなところも存在した」

「そ、それは……」

総司は口ごもった。

「だとするとどうだい、ここまで事実と食い違っている箇所がある以上は、五十治さんに関しての話も、やっぱり作り話と判断するのが自然じゃないのかな」

「でも言いたくないけど五十治さんという人が、二股かけていたとしたら？　だったらカエさんの存在は、奥さんには当然内緒にするんじゃないですか？」

総司は絞り出すように言ったが、その声は自分でもわかるほど弱々しかった。

「うーん、どうだろうねえ。まあその可能性もゼロだとは言えないが、当時の社会情況のことを考えると、内海さんの一方的な片思いだったという可能性の方が強いと僕は思うなあ。内海さんと五十治さんが同じ町内に住んでいらしたことは事実だが、男女七歳にして席を同じゅうせずという時代、果たしてどれほど接触する機会があったことか。とにかく内海さんと五十治さんが許婚だったというのは真っ赤な嘘だということ、それから出征の前日に二人きりで散歩したというのも嘘だということ、この二つのことは、確実に言えると思う。そもそも本当に許婚だったら、いくら何でも写真くらいは持っている筈じゃないかい？　内海さんが部屋に写真一枚飾っていなかったのは、単純に持っていなかったからだよ。遺品の中にも、それらしきものはなかったし」

「しかし……」

「それに内海さんの話の中の五十治さんという人は、本当にその人本人なのだろうか。もちろん名前は少女時代に憧れていた人の名前をそのまま借りたのだろうが、その中身には、別の人間の姿が入り込んではいなかっただろうか」

まだ茫然としている総司の頭の中で、新たな疑問符が渦巻いた。この弁護士は一体何を言っているんだ？

「意味がよくわからないんですが」

「うむ。それじゃあ一旦話を元に戻すが、内海さんが五十治さんの出征の朝、駅に見送りに行ったことは、あるいは本当かも知れない。だがよく考えるとあの状況も、やはりどこか不自然だとは思わなかったかい？」

「不自然？」

「許婚が出征するという朝だぜ。事情を話せば、工廠《こうしょう》の鍵を開ける当番くらい、誰かに代わってもらえるだろう？　それに一応は軍需工場なんだ、鍵を民間人に預けること自体が、そもそも思い切り不自然なんじゃないのかね」

「う……」

「それに出征の日に許婚が駅まで見送りにやって来て、ちらりと一瞬姿が見えただけなんてことはありえないよ。全てが戦争遂行のための奉仕を義務づけられていた時代、出征する兵士に対しては、最大限の敬意が払われていた。今の都心の電車と違って、運行のダイヤだってスカスカだ。数分くらいならば汽車の出発時間を遅らせて、許婚との別れの儀式を交わさせてあげた筈なんだ」

総司は再び言葉に詰まった。汽車のすぐ近くで、日章旗を持って万歳三唱しながら、出征する兵士を見送る人の群れや駅での別れの場面は、当時の写真や映像で何度か見たことがある。言われてみれば、確かにおかしい——。

「だからおそらくあれは内海さんが、ひそかに想いを寄せていた五十治さんが出征するのを、勝手に見送りに行った情景を表しているんだよ。内海さんは、故意にかうっかりか——僕は故意の可能性も高いと思っているんだが——あの場面を脚色するのを忘れたんだ。その内海さんが駅にやって来たとき、五十治さんは両親や身籠っている新妻と、それこそ万感の思いを罩《こ》めて、別れを惜しんでいたことだろう。そこには内海さんが入り込む余地など、もちろんどこにもない。どこか遠い場所から、片思いの五十治さんの出征を、そっと見守っていたことだろう。列車に乗り込もうとした五十治さんが、本当に振り返って内海さんに微笑んでくれたのか、それともそれもやはり内海さんの思い込み、あるいは心の中だけで作り上げた情景なのか、そこまでは僕にはわからないけどね」

「うう……」

「内海さんもこの箇所が不自然だということは認識していたんじゃないかな。内海さんのお兄さんが、悪名高いインパール作戦で戦死なされたことは本当だからね。恐らくお兄さんの出征の際には、内海さん本人も汽車のすぐ近くで、今生の別れを惜しまれたことだろうからね」

「…………」

「まだ納得できない君のために、具体的な証拠を一つ挙げよう。出征の朝、五十治さんは家族と一緒に自宅の庭で記念写真を撮っている。大切な写真ということだったが、無理を言って未亡人からその写真をお借りして来た」

そう言って末永弁護士は、机の上に裏返しに置いてあった写真をひっくり返して総司に渡した。

庭のようなところで撮られた一枚である。セピア色の画面の中に、枝ぶりの良い一本の松の樹をバックに、角帽をかぶった詰襟の学生服姿の男性が写っている。太い眉、涼しげな切れ長の一重瞼の目、通った鼻梁、がっしりとした四角い顎、その顔立ちはなるほど、凜々しい日本男児のそれだ。そしてその右側には、紋付袴を着た髭の男性と着物姿の中年女性——恐らく五十治さんの両親だろう——が写っている。そして反対側にはやや下膨れで地味な顔の若い女性が、やはり和服姿で寄り添っているが、その目鼻立ちから判断して、その女性がカエ婆さんでないことは総司にも一目瞭然だった。

「その写真をよく見てごらん。ウチのイソ弁の一人は、この写真は内海さんの話が作り話であることを証明する、動かぬ証拠だと言うんだよ」

「イソ弁?」

そう言えばこの前もこの人は、そんな言葉を使っていた——。

「知らないのかい? こうして事務所を構えている私のような弁護士をボス弁、事務所を持たず居候している居候弁護士をイソ弁というんだよ。どうかね、僕も最初は気づかなかったんだがね……」

「動かぬ証拠、ですか?」

総司は写真に目を戻したが、末永弁護士はなおも話し続けている。

「優秀な成績で司法試験を突破して、裁判官や検察官の道も開かれていたのに、敢えて弁護士を志望した変り種だよ。ウチに来てまだ三ヶ月だが、弁護士としても前途有望なのに、ミステリー小説とやらを読むのが大好きで、将来は独立して弁護士事務所兼探偵事務所を開きたいとか、そんなわけのわからないことを言っている奴なんだがね」

末永弁護士の饒舌が頭の中を整理するのに邪魔で、少し黙っていて欲しかったが、そうも言えない。総司は目の前の写真に懸命に神経を集中した。

そのお蔭か、少しして気がついた。

「釦《ボタン》が……」

五十治さんの詰襟の学生服は、釦は上から下まで、全部ちゃんとついていた——。

「うん、その通りだよ」

反論しようと思えば、まだ反論することは不可能ではなかった。前日、蛍が乱れ飛ぶ河原でカエさんに釦を一つ渡した五十治さんは、自宅に戻ってから、新妻か母親に、新しい釦をつけてもらったのではないか?

だがそう主張する気力は、既に萎えていた。総司は力なく言った。

「でも一体どうしてカエ婆さんは、そんな嘘なんか……」

「うん、じゃあここから先は、謎を解いてくれた人間に直接話してもらおう」

すると、この前も今回も、最初にコーヒーを運んで来てからは、ずっと部屋の隅でノートパソコンに向かっていた上下黒スーツの若い女性が、おもむろに立ち上がって総司に頭を下げた。

「紹介しよう、白浜優子《しらはまゆうこ》弁護士だ。この先は彼女が説明する。ちなみに私はこの先の話について、なるほどとは思ったが、一〇〇%信じているわけではない。だから君が信じるかどうかも、君の自由だ」

白浜弁護士はおもむろに話し出した。

「すみません、この事案にちょっと興味があったので、ボスに頼んで話を全部聞かせて貰っていました」

鈴を転がすような声だった。

「まず最初に確認しておきますが、一人の人間が他人のすべてを理解することは、悲しいことですがあり得ません。たとえ恋人であっても夫婦であっても親子であっても、それは同じことです。我々は個人の意識というものによって、どうしようもなく分断された存在です。ここまではいいですか?」

言われるまでもない。俺はずっと前から好きだった沙織ちゃんのことも、何一つわかっていなかった。杉村女史のことだって、鶴が言うことをどこまで信じて良いものかいまだにさっぱりわからない。

「またこの世には、一〇〇%客観的な話というのは存在しません。語るという行為は、必然的に嘘や美化を内包しています。過去の歴史というものはその大部分が、その時その時の為政者《いせいしゃ》が、自分に都合の良いように語らせ記述させたものに他なりません」

「はあ……」

「では本題に入りますが、内海さんがあなたに嘘をついた理由、それも決して一つだけの単純なものではないでしょう。そしてその理由は、幾つかのレベルに分けることができると思います」

「レベル？」

「まず一番低いレベルですが、それはやはり一種の願望充足ということです。自分が生涯をかけて思い続けていた人が、他人の夫というのでは浮かばれません。せめて憶い出話の中では、自分と五十治さんは、結ばれることはなかったが相思相愛の許婚の仲でいたかったんじゃないでしょうか」

「でもそれだったら、自分の目のことなんかは、嘘をつかなくても良いじゃないですか」

「いえ、それもやっぱり同じ理由で説明できます。内海さんは空想の中では、自分に何のハンディキャップもない少女時代を送らせてあげたかった。せめて憶い出の中では、目がちゃんと見えて、愛する人に愛された幸福な女性になってみたかった。現実には一度もなったことのない姿にです」

　総司は反論したかったが、言葉が出てこなかった。

「それから次のレベルは、あなたに対する見栄です」

「僕に対する見栄？」

「そうです。好きな人に対しては、ついつい見栄を張ってしまう。そんな経験はありませんか？　本当は彼女なんかいないのに、わざといるようなフリをしてみせたり」

「え、ええ？」

自分の声が裏返るのがわかった。

「いや、最近の若い人は、そんな迂遠《うえん》なことはしないのかと思っていたが、どうやらそうでもないらしいね」

末永弁護士がそんな横槍を入れて来た。

「僕にはよくわかるよ。あまりにも青臭くて、今思い出すだけで恥ずかしいんだが、今から十年前、好きだった女の子の気を惹くために、いもしない架空の彼女との恋愛相談を、その女の子本人に持ちかけたりしたことのある僕にはね」

「あるいは内海さんも、それと同じようなことをしただけかも知れません。昨年亡くなった私の大伯母は、生涯独り身で、ふらりと海外旅行に行ったり、次々といろんなお稽古事をしたりと、普通の主婦は逆立ちしても真似できないような自由気儘な生き方を貫いた人なのですが、傍で見ているといつも自由で楽しそうに見えたのに、実はその本人は、ただの一度も結婚しなかったことを非常にコンプレックスに感じていました。本人が亡くなる前に病床で私だけに打ち明けてくれたのですが、相手がどんな男でもいいから、どんな短い期間でもいいから、結婚生活というものを一度送ってみたかったと言っていました」

一方白浜弁護士は、ボスの駄弁を無視して冷静に話を続ける。

「内海さんも、一度は結婚生活というものを送った人間として、あなたに思われたかったのではないでしょうか。空想の中だけに存在した、ハンディキャップのないもう一人の自分に、淡いロマンスや人並みの人生を与えようとしたのだとすれば——確かに嘘や作り話はほめられたことではありませんが、どうでしょう、内海さんの可愛い嘘を許してあげるべきじゃないんでしょうか」

総司はゆっくりと首を横に振った。

「いや、許すも何も、別に僕はそれによって被害を蒙《こうむ》ったわけじゃありませんし……」

「内海さんが青春を過ごされた時代は、今とは比べものにならないほど男女間の規律が厳しかった時代でした。また戦争で若い男性がたくさん亡くなって、終戦直後は未婚の男性一人に花嫁候補はトラック一台分なんて言われていたそうです。戦争で縁者《えんじゃ》を全て失い、先天的な病気で片目の視力を失い、さらにその後、不注意か不慮の事故かによって、顔の一番目立つところに抉《えぐ》られたような疵《きず》まで抱えてしまった内海さんに、良縁が舞い込まなかったとしても、それはそれほど不思議なことではありません」

「それはまあ……」

「そしてその後不自由な目と共に独りで生きてきた内海さんが、人生の最後の最後に、色恋沙汰とは無縁だった自分の人生を淋しいものと感じていたとしても、やはりそれを責めることなど誰にもできません。しかも内海さんは、残った左目も緑内障の末期で、近い将来完全失明することを医者に宣告されていました。完全に光を失う恐怖に内海さんは、他人の手を煩《わずら》わすようになる前に、自分で自分の始末をしようと考えたこともあるらしいのです」

総司はそれを聞いて胸が苦しくなった。自分で自分の始末をするって、それって要するに――。

「内海さんがつつましい生活の中でも新聞を取るのをやめなかったのは、もちろん世の中のことを少しでも知っておきたいという気持ちもあったのでしょうが、それともう一つ、自分が一人の部屋でひっそり死んでも、誰にも気付いてもらえず、結果腐乱死体になって発見されることを防ぐためという意味があったのだと思います。郵便受けに何日分かの新聞がたまっていたら、誰かがおかしいと気付いてくれますからね。同様の理由で新聞を取っていらっしゃる独り暮らしのお年寄りは、結構いらっしゃるんですよ」

「そんな……」

総司の胸の苦しさはさらに増した。そう言えば婆ちゃんは新聞の話をした時、新聞を取っている理由は他にあると言っていた――。

「ところがそんな時、ふとあなたが現れた」

「えっ？」

総司はきょとんとして声を裏返した。

「僕が？」

「ええ。内海さんはあなたと過ごした時間を通じて、あなたに淡い好意を抱いたんです。あなたはそれを感じたことはありませんか？」

「で、でもまさか、そんな……」

「ええ、もちろんそれは、もとより実るはずのない感情です。自分のように生まれつきハンディキャップを持つ者が抱くべきものではないと、ほぼ一生の間封印していた感情でもあったのでしょう。だから内海さんは、若い頃に仄《ほの》かに憧れていた五十治さんという人物の中にあなたを投影して、空想の中だけで、あなたと両想いの恋人になったんじゃないんでしょうか。これが最後の段階です。あなたと自分では、年齢差がありすぎて、幻想を抱くこともできない。だがあなたと五十治さんが一つに融け合ってくれれば、少なくとも幻想の対象にはなる」

総司は白浜弁護士の大きな目を凝《じ》っと見つめた。

「つまり五十治さんとは、実際にはあなたのことだったんです。太い眉に切れ長の一重瞼、あなたは五十治さんにどことなく似ています。そして決定的な証拠がオートバイですよ。未亡人のお話によると、黒木五十治さんはオートバイは免許どころか、触ったこともなかったそうです」

「そ、そんな……」

「アパートの元住民の話では、内海さんは月に二回、朝からそわそわして、碌に見えない目で、一生懸命部屋の掃除や身だしなみを整えていたそうですよ。月に二回、それはあなたが訪ねて来る日です」

「で、でもそれなら、なおさら僕には嘘なんかつかなくても……」

すると白浜弁護士は、この日初めて怒ったような表情を見せた。

「女心のわからない人ですね！　どうして内海さんがあなたを好きになったのか、不思議に思えて来ました。内海さんは淡い想いをあなたに伝えたかったが、同時に伝わってしまうことが怖かった。いくら淡いものでも、空想の中のことに過ぎなくても、そんな感情を抱いていることが知れたら、きっとあなたは気持ち悪く感じると思ったんでしょう。そうしたらあなたはもう来てくれなくなるかも知れない」

総司は暗澹《あんたん》たる気持ちになった。

「でも内海さんは決して現実と妄想がごっちゃになってしまうような、頭の弱い人ではありませんでした。語られた五十治さんとの会話の内容はかなり細かいですが、それは時間をかけて何度も空想しては、作り直しを繰り返していたからでしょう。それでも内海さんは決して呆《ぼ》けていたわけではない。その証拠に内海さんは、五十治さんと夫婦《めおと》になって幸せに暮らしたという妄想は決して抱かなかった。自分と五十治さんが結ばれなかったことも、五十治さんが自爆攻撃で戦死なされたことも、ちゃんと認識していたんですよ」

「確かにそれはそうですが……」

「内海さんが戦後の一時期、旅館の手伝いをなされていたことは事実ですが、不自由な片目で酔客を相手にして、愉快でないことも沢山あったことでしょう。内海さんの話に出て来た旦那さんの姿は、そうした男性の不愉快な部分を、また姑さんの姿は女性特有の底意地の悪い部分を、それぞれ抽出して作られたもののように私には思えます」

「はあ」

「内海さんは五十治さんや幼馴染みのタキさんなど、実在の人物は名前で呼んでおられますが、自分の作り話の中だけの人物である良人や姑さんには名前を与えていませんね。ここにも内海さんなりのけじめがあったのだと思います。もちろんあなたに話している時も、これが自分の空想であるという意識をちゃんと持っていらした。その内海さんがあなたには安心して作り話をしたのは、あなたがほんの少し頭を働かせれば、自分の話が嘘であることが伝わると、わかっていたからだと思うんです」

「嘘であることが僕に伝わる？」

「ええ。二律背反した行為ですが、そこには嘘をついてしまったことに対する後ろめたさのようなものもあったのでしょうね」

「僕がこんな風に、五十治さんの関係者を捜そうとするだろうからですか？」

「いや、そういう意味ではありません。そんなことをしなくても、いつかあなたは自然に気付くとお考えになったのでしょう」

「意味がよくわからないんですが……」

するとき白浜弁護士は総司の顔を凝《じ》っと見つめながら続けた。

「あなたは今から数ヶ月前、競馬で大穴を当てられたんですよね？」

総司は戸惑った。

「ええ、そうです。でもそれとこれと、何の関係が？」

「確かそのとき、内海さんの名前をアナグラムにして、大穴を当てたんですよね？」

「ええ」

「その時アナグラムの説明も、内海さんになさったんですよね」

「しましたけど……」

「だったら内海さんが、その意趣返しをするかも知れないとは考えなかったんですか？」

「意趣返し？」

「ですから、内海さんがあなたの名前をアナグラムしてみるとは考えませんでしたか？」

そう言われて、初めて衝《は》っとした。笑いを取るためにわざとボケているフリをすることはあったものの、実は頭の回転がものすごく速かったカエ婆さんのことだ。聞いていないフリをしながらちゃんと聞いていたことは、充分にあり得る。表面上は茶々を入れながら、一度聞いただけでアナグラムの仕組みをしっかりと理解し、俺が帰った後、長い独りきりの夜の間にやってみたことも——。

そこで頭の中で、自分の名前をいろいろに並べ替えてみた。新撰組の沖田総司と一字違いであり、小さい頃はそれが嫌でたまらなかったが、今では摑みのギャグに使うことができて重宝している自分の名前——礒田総司。

イソダソウジ——イソジウソダ——五十治嘘だ！

泣きたいくらい簡単なアナグラムだった。目の不自由なカエ婆さんでも、頭の中だけで作れるような——。

「そう、内海さんの話の中には、ちゃんと手がかりが潜んでいたんだ。あれは君に向けられた壮大な謎掛けだったんだよ」

ついさっき、自分は全面的に信じているわけではないと言った末永弁護士が、ここで突如横からしゃしゃり出て来て、まるで自分が全ての謎を解いたかのような口ぶりで言った。

一方白浜弁護士は、そんなボスを完全に無視して先を続ける。

「ミステリーにはアナグラムがよく使われるけれど、一読者の立場から言わせてもらうと、あまりにも複雑で、読者が気付くようすがないようなものは、あまり面白くないのよね。誰もが頭の中だけで並べ替えられるような、でも言われるまではそれに気付かないような、そういうアナグラムが一番面白いのよ。正に今回、内海さんがやったみたいにね」

「はあ……」

「まあそれはさておき、あなたの名前をアナグラムしてみて、自分が若い頃に仄かな気持ちを抱いていた人の名前がそこに浮かび上がるのを知ったとき内海さんは、そこに運命の使嗾《しそう》めいたものを感じたのでしょうね。そして五十治さんのことについて、あなたには多少の脚色を交えて話しても構わないと判断したのかも知れません」

婆ちゃんが、救急車に搬入されながら呟いた言葉がやっとわかった気がした。あれはきっと《(嘘ついて) ごめんな》と言ったのだろう——。

「さらにあなたが見せられたという、学生服の釦ですけど……」

女性弁護士は落ち着き払って続けた。

「その釦はゴミ捨て場で拾ったものだと、内海さんが火事のとき自分から口にしたんでしょう? それが何よりの証拠じゃないですか。爆弾を積んだベニヤ製のモーターボートに乗って、南の海の藻屑と消えた五十治さんの本当の形見の品ならばともかく、そんな作り話の小道具のために、大切なあなたの命が危険に晒されるのは、内海さんからしたらきっと耐えられないことだったのでしょう。あなたを引き止めたとき、さぞかし内海さんは必死だったことでしょうね」

あの時、今にも燃え落ちようとするアパートの前で、再び駆け出そうとした自分の足首をがしと握った時の、カエ婆さんの腕の力とものすごい顔を思い出して、総司はがっくりと項垂《うなだ》れた。

「あの時はてっきりゴミ捨て場で拾ったというそのことが、僕にあれ以上危険なことをさせないための嘘なのかと……」

「いいえ、あなたが責任を感じる必要はありません。むしろあなたは、良いことをしてあげたんです」

「良いことなんて……していません」

「そんなことはありません。さっきのアパートの元住民の話を憶い出してごらんなさい。ほんの短い期間とはいえ、内海さんはあなたの存在によって、毎日を生き生きと過ごす張りを感じていたんです。幾つになっても恋愛感情は、人に生きる活力を与えるものだと思いますよ。遺言執行に当たっては、内海さんの遺言状の全文が内海さんの自筆であるかどうか、家庭裁判所で検認手続きが必要となるケースがあります。そこで私たちは遺品の中から、内海さんがつけていた短い日記のような覚書を預からせてもらいましたが、その中には、初々しい少女のような筆跡で、あなたの名前が記されていました」

総司は激しく首を左右に振った。

「いや、やっぱり僕は最低です。僕はカエ婆さんに、全く信用されていなかったんだ……」

すると女性弁護士が、優しく諭すように言った。

「何を言っているんです？　遺す相手がこの世に一人もいないまま亡くなるよりも、ずっと良いじゃないですか。内海さんは、生涯の最後にあなたに火事から救い出され、そして自分では使う当てもない全財産をあなたに遺すことができて、きっと幸せだったと思いますよ。内海さんを火事から助け出す時、あなたは新婦を抱く外国の新郎のような横抱き、最近の言葉で言えばいわゆる《お姫様だっこ》を、してあげたわけでしょう？」

「そんな……」

総司は力なく頷くのが精一杯だった。婆ちゃん、そんなの一言言ってくれれば、二〇〇回でも三〇〇回でもやってあげたのによ！

そうめんだって！　いつになるかわからない初任給なんて言わずに、バイト代で贈ってあげれば良かったよ！　一口でもいいから食べて欲しかったよ！

婆ちゃんが最後に淹れてくれたお茶、美味しかったよ。自分はいつも出涸らしを飲んでいた癖に、俺に飲ませるために最高の茶葉を買って来て、心を籠めて淹れてくれたんだろう？　だけど感謝されるのは照れ臭くて、憎まれ口でそれを否定した。あれが嘘だということは、鈍い俺でも見抜けたんだけどなあ。

だがまだ一つ、納得できないことがある――。

「でもそれだったら、何もあんな不幸な結婚生活にしなくても……。幸せな結婚生活を送った人間として僕に思われたかったのならば、矛盾するじゃないですか」

「それはあなたの期待を敏感に読み取ったんでしょうね」

「期待？」

「ええ。内海さんは、人を笑わせることが上手な人だったそうですね。人を笑わせるというのは、相手がどんなことで笑うのかを、見抜くということに他ならないと思うんです。俗に言うオヤジギャグが疎まれるのは、それがそういう努力を一切していない、一方的に押し付けて来るギャグだからです」

　末永弁護士が突然居心地悪そうに椅子に座り直した。

「内海さんは他人の気持ちを読み取ることが上手かったから、ちゃんと人を笑わせることができた。それならば、たとえばあなたが内海さんを見て、あなたが潜在意識のレベルで内海さんに期待した物語を、内海さんが読み取ったとしても、何ら不思議なことではありません」

「僕の潜在意識が期待した物語？」

「そうです。たとえばあなたは小説を読む時に、その小説の主人公の年齢や性別、境遇などによって、あらかじめその内容や筋を、ある程度予想しながら読み始めませんか？　たとえば《老婆》という言葉がタイトルに入った小説を手に取ったあなたは、読む前にすでに、その中に出てくるだろうお婆さんの身の上について、ある程度の予測をしてしまっていないかしら。もしそれが《老婆》ではなくて《女弁護士》だったら、全く別の内容を想像して読み始めるでしょう?」

白浜弁護士の言葉遣いが、いつの間にかくだけたものへと変わっている。確かに、いま目の前にいる若い女弁護士が主人公の小説と、ほとんど盲目という皺くちゃの老婆が主人公の小説では、読む前から読む側の期待の内容が、まるっきり違っていることは間違いない――。

「あなただけじゃないの。みんなそうなの。小説を読む人は一頁目を開く前から、映画を観る人は場内が暗くなって上映がはじまる前から、すでにある程度、タイトルなどから内容の予測をしてしまっているの。そしてその内容が自分の期待から大きく外れていないことを知ると、安心してその中に入って行くことができる。だけどその後それが自分の予想の範囲から、一歩も外に出ていないことを知ると、今度は逆に〈紋切り型〉と感じて不満になったりするわけで、ものを作る人間は、読者や観客の期待をある程度満たしながら、同時にそれを逸脱することも求められるわけね。で、どうかしら? 内海さんの語った身の上話の内容は、あなたが八十四歳の独り暮らしのお婆さんが辿って来たであろう幸薄い人生について、漠然と想像していたものと、大部分一致はしていなかったかしら。内海さんの語った身の上話は、あなたのその期待に、充分応えるものではなかったかしら?」

「うう……」

「嘘ばかりつく人のことを、普通は虚言癖の持ち主と言ったりするけれど、内海さんの場合は、虚言癖ともまた違うのではないかと思うのね。虚言癖の持ち主は、自分を必要以上に良く見せようとして嘘をつくわけだけど、内海さんの嘘は、相手の期待に応えようとするものだったわけだから。内海さんはあなたの期待を読み取り、そこに自分の実体験を巧みに織り込みながら、いかにもありそうな身の上話を作り上げた。あなたが内海さんの過去について巡らせた想像がそのまま投影された話だから、あなたがそのまま信じてしまうのも無理はないでしょう」

総司は再び黙り込んだ。反論できない。八十四歳の老婆の独り暮らし。片方が潰れた目。仏壇も遺影もない部屋。それらのディテールから、自分がカエ婆さんの身の上について、無意識のうちに自分勝手な想像を巡らせていなかったとは、確かに断言することはできない。好きだった人が戦争で死んでしまって、その後不幸な結婚をして、離婚して――そんな如何にもという身の上話を心の中で漠然と〈期待〉していなかったとは、言い切ることはできない。

するとカエ婆さんは、そんな俺の勝手な期待を読み取って？

「最近私思うのだけど、人間って、現実よりも虚構の方を大切にする生き物かも知れないわよね。現実のためには指一本動かさないような人間が、自分の作った虚構のためには命を賭けるようなことが、往々にしてみられるからね」

黙り込んだ総司の様子を見て、たたみ込むように末永弁護士が横から口を挟んで来た。

「さて、内海さんに身寄りがなく、五十治さんと内海さんの間の関係は、当初我々が思っていたものとは違っていた。となるとやはり遺産は君が受け取るのが一番良いんじゃないかね」

「え？」

「続きを進めて良いかな？　遺言執行の弁護士報酬は、遺産の額が一〇〇〇万円以上ならば額の3％というのが業界の通例だ。ウチとしても、あんまりこの件にばかり時間をかけてもいられないんだ」

だが総司はその声の方に向き直り、きっぱりとした口調で告げた。

「いえ、やっぱり僕はそのお金は受け取れません。カエ婆さんの気持ちは一〇〇％有難く受け取りますが、お金は全額ひまわり給食サービスに寄付します」

「は？」

今度は末永弁護士が口をぽかんと半開きに開けた。

「寄付？」

「ええ、そのお金があったら、お弁当のおかずをもっと豪華にすることができるし、月に二回のサービスの頻度も、もっと増やすことができるでしょう」

「それはできるが……本当に良いのかね」

「良いんです」

「全額かね」

「全額です。興信所の料金も含めて、今回の調査の実費、それに遺言執行の弁護士報酬は、僕がアルバイトして払いますから、僕に請求書を回して下さい。何ヶ月かかるかわかりませんが、分割で必ず払います。だからカエ婆さんの遺したお金は、全額そっくりそのままひまわり給食サービスに行くようにして下さい」

「もう一度考え直した方がいいんじゃありませんか？」

一連のやり取りを聞いていた白浜弁護士が、豊かな胸に手を当てながら横から口を挟んだ。

「あとで後悔しませんか？　内海さんはあなたに受け取ってもらいたかったんですよ？」

総司は答える代わりに無言で首を横に振ると、謎を解いてくれた白浜弁護士と末永弁護士の両方に向かって深々と頭を下げた。

「手続きをお願いします。あと僕の名前は表に出ないようにお願いします。あくまでも内海カエさんが寄付したという形にして下さい。第三者を経由したことは明らかになっても良いですけど、その第三者が僕だということは、絶対に表に出ないようにして下さい。できますよね？」

「結局、書き換えられる前に戻ったわけか……」

末永弁護士は呆れたような表情を泛《うか》べながら呟いた。

だがその隣で白浜弁護士が、大きな瞳で総司を見つめていた。上下黒のスーツのスカートの前で、両手の先をきちんと揃えて、ぺこりと小さく頭を下げた。

「ごめんなさい、さっきの言葉は取り消します」

「さっきの言葉？」

「どうして内海さんがあなたを好きになったのか、不思議だと言った言葉です。内海さんの不自由な目には、あなたという人間の本質が、ちゃんと視えていたんですね」

6

総司が差し出された書類全てに署名捺印を済ませて、末永弁護士事務所を出ると、今朝方からの雨はいつの間にかからりとあがり、雲ひとつない快晴の空が広がっていた。

だが総司の心の中は、この空とは違って、晴れやかというわけには行かなかった。

カエ婆さんの孤独な人生を改めて思うと、暗澹たる気持ちにならざるを得なかった。カエ婆さんの身の上話を聞いて深く同情した俺は、あの話の大部分が作り話だったと知って、こっぴどく騙された気分になったわけだが、するとあの話の中に出てくるカエ婆さんの幸薄い人生ですら、婆さんの天涯孤独な本当の人生と比べたら、夢のまた夢のようなお話だったと言うのか？

ふらふらとブロンコのシートに跨った総司は、青空をぼんやりと眺めた。

その青空の中に、隻眼の老婆の顔がかすかに泛《うか》んで見えた。

それは葬儀のときに遺影の中で見た、あのまじめくさった顔だった。

だがその顔は今や総司には、今にも笑い出すのを怺《こら》えている表情に見えた。まるで会心のジョークを飛ばしたあと、相手より先に自分が笑ってしまっては効果が薄れることを知って、懸命に噴き出すのを怺えているかのように——。

「なあばあちゃん、まずお金のことだけど、あれで良いよな？」

「勿体ねえことをするんだな、まんずお前さんは！」

空のカエ婆さんがそう言った気がした。

別に弁護士たちを前に、いいカッコをしたかったわけではない。事実勿体ないことをしたという気持ちは総司にだってある。

だが今ここでそんな大金を受け取ってしまったら、自分自身がダメになるという確信が何よりも強かったのだから悔いはない。

そのお金を受け取ったら、俺はこの先の人生、大事なところで必ず逃げてしまうことだろう。

早い話が就職だ。そんなものしなくたって、しばらくは遊んで暮らせると思いながら就活をして、まともな仕事に就けるほど世の中甘くない。だから、あくまでも自分のためなのだ。

先週総司は、専門学校の入学手続きを済ませたばかりだった。福祉士の資格を取るためだった。これからまじめに学校へ通って勉強すれば、大学卒業後一年くらいで、何とか資格を取ることができるだろう。そして選り好みさえしなければ、どこかの町の福祉事務所に、勤め口を見つけることができることだろう。スーパーエミュウで得た残る半金の使い途は、その入学金と数ヶ月分の授業料だった。

俺は若い。青臭いほど若い。もしこれが二年後、あるいはほんの一年後でも、俺は全く別の行動を取っているかも知れない。

だがこれが現時点における、俺のベストの選択なのだ。

「まんず大バカもんだな、お前さんは。んでもそれが、お前さんらしくて善いがも知んね」

「そうかい」

それから突然憶い出して心の中で叫んだ。

「それにしても婆ちゃん！　よくもいろいろと騙してくれたな！」

「あっだなミエミエの作り話、信じる方がどうかしてっぺ。まんず、やっぱすおめえさんは、まだまだ尻が青いなあ」

空の中のカエ婆さんが、やっといつもの笑みを泛《うか》べた。

「だけど婆ちゃん、何とか火事を予知することは、できなかったのかよぉ」

婆さんは答えない。

「やっぱり自分のことは視えないようになっているの？」

婆さんはやはり答えない。

そして次の瞬間、一つの恐ろしい想念が頭に浮かび、総司は思わず視線を足元に落とした。

ひょっとするとカエ婆さんは、自分があそこで命を落とすことを、ある程度予感していたのではないか？

もしも全てを知りながら、両目の光を失った末の孤独な死よりも、あの死に方を選んだのだとするならば……。

あの日カエ婆さんは、あそこで煙を吸い込んで激しく咳き込みながら、じっと待っていたのだろうか。炎の中、五十治さんに見立てた俺に、生涯最初で最後の《お姫様抱っこ》をされるのを――。

改めて空を見上げた。

ひょっとしてそうなのか、婆ちゃん？

だがそこにはただ、白い雲が泛んでいるだけだった。

総司は一旦家に帰ると、もう二度と着ることなどないのだから捨てれば良いのにと思っていたが、母親が何故かクリーニングに出して大事に仕舞っていた、自分の古い学生服を押入れから引っ張り出して来て、上から二つ目の釦を毟り取った。卒業式の当日、心の中でほんの少し期待していたのに、誰も毟りに来なかった釦だった。

末永弁護士に教えてもらったカエ婆さんの眠る寺に持って行き、カエ婆さんの小さな骨壺の中にこれを入れる。

そしてカエ婆さんのいじらしい嘘を完成させる。

それは今や、自分の義務であるように思われた。

本物の五十治さんの釦じゃないけど、これで我慢してくれよ、婆ちゃん。せめて釦に光る金字が学ではなく旧字体の學だったら、もっと良かったんだけどさ——。

7

だが愛車に跨って、まだ太陽が西の空に高いのを見た瞬間に総司は気が変わった。

と言っても、寺に行くのをやめたわけではない。それは明日に回すことにしたのだ。スロットルを回して国道に出ると、そのままスピードを上げて一気に都心へとバイクを走らせた。

向かった先は、九段《くだん》だった。

あることを確かめるためだった。

以前からひょっとしたらと疑ってはいたのだが、なかなか確かめに行くきっかけがなかった。そもそも行けば確かめられるという保証はなかったし、今さらそれを確かめたところで、どうにもならないことだとも思ったので、それなりに忙しい日々の暮らしの中で、なかなか思い立つことができなかったのだ。今度近くに行く用事ができた時にでもなんて、そんな悠長なことを考えていた。

しかしカエ婆さんの人生の真実を知った今となっては、どうしても行かずにはいられなかった。そしてひとたび思い立ったら、もう一日たりとも待てなかった。

九段に着いた。都心なので路上駐車はレッカー移動される危険性がある。そこで有料のパーキングエリアに愛車を停め、靖国神社の大鳥居を潜《くぐ》った。

だが参拝に来たわけではない。

本殿を左手に見ながら境内を横切って向かった先は、神社の付属の遊就館だった。ここはいわゆる戦没者の遺品や資料を展示しているところである。

学生証を見せて入場料を払い、中に入った。大学生は五〇〇円だった。

エントランス・ホールに、いきなり復元された本物の零戦や九六式十五糎《センチ》榴弾砲が展示されているのを見て度肝を抜かれた。軍事マニアにはきっと垂涎ものなのだろうが、総司はそれらを横目で一瞥しただけで、展示室の順路を急いだ。兵器には何の興味もない。

その展示室だが、ちょっと変わった作りになっていた。中央が吹き抜けの大展示室になっているのだが、順路としてはまずエスカレーターで二階に上がり、二階を全部見てから一階に下りて観覧を続けるような仕組みになっているのである。総司も案内の表示に従って二階に上がったが、戊辰戦争や日清戦争、日露戦争などの展示が並んでいるのを見て先を急いだ。とりあえず今日の目的とは時代が違う。

だが一階に下りてその大展示室を横切る時には、兵器には興味のない総司でも、思わず足を止めざるを得なかった。そこには太平洋戦争で用いられた特攻兵器が、いくつも展示されていたからだ。

桜花《おうか》のレプリカが天井から吊るされている。

思っていたよりずっと小さい。遊園地の子供用の一人乗り飛行機よりもなお小さい。自分だったら、この中に閉じ込められただけで、閉所恐怖症で気がふれると思う。普通の飛行機よりも頭の部分が長いのは、炸薬《さくやく》をそこに目一杯詰め込むためだろう。

特攻用のモーターボートのレプリカもあったので、総司は横に立ってしげしげと眺めた。残念ながら陸軍の㋹ではなく、海軍が開発した震洋《しんよう》だったが、積んでいる爆弾の位置以外、形や装備には大きな違いはない筈である。

そしてやはりこれは兵器ではないとの思いを強くした。桜花はまだ兵器だが、これはただの貧弱なモーターボートだ。

そして回天《かいてん》。これはレプリカではなく、使われる前に終戦を迎えたおかげで残った、実物が展示されている。もちろん炸薬や雷管《らいかん》は抜かれてあるが――。

正直言ってそれは、真っ黒に塗ったただの土管のようにしか見えなかった。この中に入って、天井のハッチが閉じられた時の心境は、一体どんなものだったのだろう――。

それらの物言わぬ特攻兵器を見つめているうちに、嘔《は》き気がして来た。

こういうものが展示されていることを知って、この建物は戦争を賛美していると目くじらを立てる人間がいることも理解はできる。

自分だって本当は目を背けたい。

だけど、両目を開いてしっかり見なくちゃいけない。それが、これらに乗って死んでいった人間たちへの、最低限の礼儀だと思うからだ。

閉館二十分前というアナウンスが流れ、衝《は》っと我に返った。今日ここに来た肝腎の目的を、まだ果たしていないことに気がついたからだ。総司は大展示室を後にすると、急いで残る一階の展示室の展示を見て回った。

ひんやりとした空気が流れる誰もいない第十八展示室に、それはあった。

果たして常設されているものなのか、それはわからない。あるいは入れ替え等の関係で、たまたまこの日、目にすることができたものかも知れない。だがとにかくこの日ガラスケースの中に、幸運にもあの四つの句の記された紙片は展示されていた。

図書館の本には、あの辞世の句の詠み手の名前は記されていなかった。写真に写っていたのも句だけだった。

だが常識的に考えて、辞世の句を記した紙片に、自分の名前を書かないということがあるだろうか。第一それでは、誰の辞世の句なのかわからないではないか。

つまりあの写真は、詠み手の名前をわざと省いていたのだ。写真を撮った人間が下手糞で、偶然端が切れてしまったという可能性もあるが、本そのものが、旧日本軍の人命軽視を強調する左翼的なスタンスで書かれていたものだったから、個人を英雄のように記述することを好まず、名もなき一特攻隊員の遺書ということにするために、著者あるいは出版元が、わざとトリミングを施したものかも知れなかった。

だから自分の目で実物を見ることが、どうしても必要だった。

ガラスケースの中の墨痕淋漓《ぼっこんりんり》とした一枚の紙片、そこには男性的な雄雄しい筆の痕が
――。

アマガヘル竝《なら》んで青しリンガエン
水すましせめて俺の聯絡艇《㋹》追ひ抜くな
出撃の朝に完癒し我が打ち身
歸りなん魂魄《こんぱく》ひとつで靖國に

黑木五十治

やっぱり！

総司は自分以外誰もいない第十八展示室で、思わず小さく声を上げた。

やっぱりこの辞世の句を詠んだのは、五十治さんだったのだ！

ということは――。

総司はガラスケースの中の紙片の、すでに諳《そら》んじている三句目と四句目を、改めてしげしげと見つめた。

三句目の最後と四句目の頭をつなげて読むと、そこに浮かび上がるのは――。

間違いない。偶然ではこんなことは起こり得ない筈だ。

一字だけ違っているが、それはカモフラージュするためだろう。元々暗号とはそういうものだ。

ミステリー小説好きという白浜弁護士は、名探偵も顔負けの見事な推理を展開してくれたが、さしもの彼女も見抜けなかったことが一つある。

とは言っても彼女はこの紙片の存在そのものを知らないのだから、当然のことではあるが——。

それは黒木五十治さんもまた、内海カエさんに想いを寄せていたということだ。

当時結婚とは、今とは違って家と家でするものだったと聞く。

互いに行き来があり、利害関係の一致する両家に男の子と女の子が生まれると、幼い時に二人を許婚と決めてしまう。その二人は大きくなると親の決めた通りに結婚する——それは当時極めて一般的なことだった。五十治さんも親の命令と慣習に従って、あらかじめ定められた相手と結婚したのだろう。

だが五十治さんと内海カエさんの間には、一方的ではない、ちゃんとした感情の行き来があったのだ。結ばれることはなかったが、実は相思相愛だったのだ。男女七歳にして席を同じゅうせずという時代、互いに気持ちをちゃんと伝え合う機会があったのかどうかは定かではないが、二人とも相手のことをひそかに想っていたのだ。

明日自分は確実に死ぬという出撃前夜、五十治さんは恐らく両親や奥さんには、ちゃんとした手紙を認《したた》めたことだろう。

だがあくまでも他人であるカエさんには、手紙を書くことなど問題外である。身籠っている奥さんの目に触れるかも知れないし、もしカエさんに付き合っている男性がいた場合には、受け取った本人にも、有形無形の迷惑をかけてしまうことになりかねない。

だから五十治さんは辞世の句の中に、自らの秘密をそっと織り込むことにした。自分が内海カエさんのことを本当に好きだったことが、いつの日か本人に伝わることを願って。ほとんど不可能に近いことだが、辞世の句が何らかの形でカエさんの目に触れるという、ほんの僅かな可能性に賭けたのだ。

しかもアナグラムや複雑な暗号のように、少しでも頭をひねる必要のあるものではダメだ。読んだ人が誰一人違和感を覚えず、しかしただ一人の人間の目に留まれば瞬時に真意が伝わる、そういうものでなくてはならない。それが句を跨いで愛する人の名前を、ひそかに織り込むことだったのだ。

そして名前を織り込みつつ、ちゃんと辞世の四句として完成させるという芸当を演じてみせた。文学者志望だったという五十治さんでなければ、できなかったことだろう。五十治さんは短い生涯の最後に、持っていた文学的才能のありったけを、この四句の中に結実させたのだ。

さらに五十治さんは、自分が勝手に想像していたのとは違って、決して堅物ではなかったらしい。本当の堅物ならばそもそも文学に傾倒したりしないことだろうが、この辞世の四句を読む限り、自分の不運極まりない一生をも笑い飛ばせるような、雄大なユーモア精神の持ち主だったことは間違いない。

他人を笑わせるのが何よりも好きだったカエさんと、心の中で強烈に惹かれ合ったのもよくわかる。もしも結ばれていたならば、朝から晩まで笑い声の絶えない、まるで夢のように幸福な家庭が築かれていたのに違いない。五十治さんからしたら、それを実現できなかった自分自身の弱さに対する悔いのようなものも、この句には含まれているのだろう。

もっとも当時の社会的因習を考えれば、五十治さんを責めることはできないだろう。ましてやカエさんの右目は、もうその時は先天緑内障で何も映さない濁った硝子の玉になってしまっていた。障害者に対する偏見が今よりはるかに蔓延《はびこ》っていた時代、親の決めた許婚の約束を破って、そんな娘を嫁にもらうなんて、絶対に認めてもらえなかったのに決まっている。

だが逆に言えば五十治さん本人は、誰かのことを好きになるのに、相手にハンディキャップがあろうがなかろうが、そんなことは一切気にしなかったということでもある。そういう人だからこそ、きっとカエさんも五十治さんのことが好きになったのだろう。

だが残念ながらこの決死のメッセージが届くことはなかった。この遺書がどういう経緯を経てこの建物に収められることになったのか、それはわからないが、少なくともそれは確実だと思われた。カエ婆さんには、自分の生涯唯一の恋が片思いのまま虚しく終わったという自覚があり、それがあまりにも惨めだと感じたから、俺に対してあんな作り話をしなければならなかったのだ。もしも知っていたならば、カエ婆さんは五十治さんが遺書に自分の名前をそっと忍び込ませてくれたことを、嬉しそうに話したことだろう。俺みたいな代替物など、必要としなかったことだろう。

ひょっとしたら遺族の中には、五十治さんが辞世の句に秘めたこの仕掛けに気づいた人間がいたかも知れない。だが遺品ひとつ、写真一枚貰えなかったカエさんに、それが伝えられたとは到底思えない。やはりカエ婆さんは、自分が五十治さんと相思相愛だったことを知らずに、それでもその後の人生を五十治さんのことを想い続けながら生きて、そして死んだのだ。

畜生！　総司は自分で自分の首を絞めてやりたかった。俺が愚図愚図せずにもっと早くここに来ていたら、それを教えてあげることができたのに！

もちろん今さらそれを知ったところで、カエ婆さんが人生をやり直せるわけではない。それはわかっている。だが最後にそれを知って死ぬのと、知らないままで終わるのとでは、雲泥の差があるんじゃないのか？

いや待て。諦めるのはまだ早い。諦めたらそこで終了だと、どこかで誰かが言っていたじゃないか。四十九日が過ぎるまでは、まだそこらへんをうろうろしているんだろう？　婆ちゃん――総司は目を瞑り、心の中で懸命に話し掛けた――婆ちゃん。婆ちゃんの見掛け上の人生は、客に上手にお茶を淹れることすらできない、孤独なものだったのかも知れない。だけどよく聞け！　婆ちゃんの生きた八十余年間は、決して孤独なものでも、無駄なものでもなかったんだよ！

婆ちゃんが一人こっそり見送りに行った駅で、出征する五十治さんが汽車のステップの上で振り返って微笑んでくれたのは、あれは婆ちゃんの勝手な思い込みじゃない、やっぱり婆ちゃんに対してだったんだよ！

五十治さんも嬉しかったんだ。愛する人が見送りに来てくれたことが。ステップの上で五十治さんが、これから死地に赴く人とは思えない爽やかな笑顔を見せたのは、見送りの人の群れの中に、もうこの世で見ることは叶わないと思ってあきらめていた人の姿を見つけたからだよ。

その一瞬の間に二人の目と目が交わした万斛《ばんこく》の思い、それを想像するだけで俺は、鳥肌が立つ思いがするよ。そんな大恋愛、そんな濃密な瞳と瞳のやり取り、俺には一生かかっても無理な気がするよ。もちろんこれから、俺なりに精一杯頑張ってみるけどさ――。

婆ちゃん。俺みたいなどうしようもない男を、五十治さんの〈見立て〉に使ってくれてどうもありがとう。俺の夢枕に立ってくれて、どうもありがとう。

だけど俺なんか、初めから全く必要なかったんだよ！　文字通り太平洋の防波堤になった五十治さんが、婆ちゃんのその後の六十余年間を、ちゃんと見戍《みまも》ってくれていたんだからよ！

遊就館を出ると、西の空は真っ赤な色に変わっていた。まるでかつて南の海で、敵味方関係なく流された、大量の血によって染められているかのように——。

総司は駐車場に戻ると、もっともっとタフな男になるために、他人ではなく自分のために、どうしても出来なくなる日が来るまで弁当運びを続けようと思いながら、ブロンコのスロットルグリップをゆっくりと回した。

原注

万が一、各章に添えられた欧文タイトルを、正しい外国語と勘違いして引用などされる方がおられると困るので、正に老婆心ながら、ここに原注をつけておく。

第一章 Omnes viae *Robam* ducunt.

〈ローマ〉を示すラテン語の名詞 Roma,ae(f) に倣って、〈老婆〉を示す第一活用女性名詞 Roba,ae(f) を（勝手に）作り、対格にした。

第二章 Pax *Robana.*

〈ローマの〉を表すラテン語の形容詞 romanus,a,um に倣って、〈老婆の〉を意味する形容詞 robanus,a,um を（やはり勝手に）作り、pax(f,sg,nominativus) と性数一致させている。

第三章　Non uno die *Roba* aedificata est.

第一章と同じく架空のラテン語名詞 Roba, ae(f) の主格を用いている。

第四章　Storia del declino e della caduta dell'Impero *robano*.

意識しているのは当然ギボンの労作、近世の作品なので舞台に合わせてイタリア語にした。〈ローマの〉を表すイタリア語の形容詞 romano に倣って、〈老婆の〉を示す形容詞 robano を（やはり勝手に）作った。

文庫化のためのあとがき

㋹（四式肉薄攻撃艇）について詳しいことを知ったのは、靖国神社遊就館の展示室の一《いち》隅《ぐう》に置かれていたパンフレット『陸軍が行なった海上特攻　米軍を震撼させた挺進爆雷艇㋹』によってである。偶然手に入ったこの一枚の紙を三つ折りにしただけの無料のパンフレットが、この作品の全構想の源になった。ただし作中人物が思いを馳せる㋹の綽名の由来などは作者の空想であり、もちろん事実関係に誤謬があった場合、その責任は全て作者にある。

「小説推理」での連載と単行本化にあたっては、双葉社文芸出版部（当時）の白鳥千尋さんに、今回文庫化にあたっては同出版部の藪長文彦さんに、ともに大変お世話になった。特に連載中、ゲラが出るたびに同封されていた白鳥さんのお手紙には、毎回大いに励まされたものである。すでに退社された白鳥さんに、直接感謝の気持ちを伝える手段がないので、この場を借りてそれを伝えたい。

二〇一六年四月　深水黎一郎

解説

日下三蔵（ミステリ評論家）

深水黎一郎の二〇〇七年のデビュー作『ウルチモ・トルッコ』が改稿・改題のうえで『最後のトリック』として河出文庫に収められたのが一四年一〇月。イタリア語で「究極のトリック」を意味する原題をシンプルに日本語にしたこと、「読者全員が犯人」というキャッチコピーの強烈さが功を奏して同書はベストセラーとなった。いま筆者の手元には一五年二月発行の39刷があるが、長らく入手困難になっていた幻の名作とか新作書下し作品というわけでもない普通の文庫化作品が、短期間にこれだけ売れるというのは珍しい。

もちろんタイトルとキャッチコピーが良かっただけでベストセラーになるはずもない。後述するように内容が伴っていたからこそ、口コミの連鎖でどんどん売れていったわけである。

しかし桁外れに売れるということは、ふだんは推理小説を読まない人も手にとっているということになる。著者の作品が双葉文庫に入るのは初めてだし、『最後のトリック』で深水作品に初めて触れたという読者のために、著者の経歴とこれまでの作品について、まずは簡単にご紹介しておこう。

一九六三（昭和三十八）年生まれの深水黎一郎は、慶應義塾大学文学部卒。同大学院文学研究科後期博士課程単位取得退学（仏文学専攻）。在学中に仏政府給費留学生としてフランスに留学し、ブルゴーニュ大学修士号取得、パリ大学DEA（博士課程専門研究課程）修了。四十歳を過ぎてからミステリ小説を執筆し、〇七年に『ウルチモ・トルッコ』で第三十六回メフィスト賞を受賞してデビュー。

著作リストは以下のとおり。

1　ウルチモ・トルッコ　07年4月　講談社ノベルス
↓最後のトリック　14年10月　河出文庫
2　エコール・ド・パリ殺人事件　08年2月　講談社ノベルス
　11年5月　講談社文庫
3　トスカの接吻　08年8月　講談社ノベルス
　12年11月　講談社文庫
4　花窗玻璃《はなまどはり》　シャガールの黙示　09年9月　講談社ノベルス

→花窗玻璃　天使たちの殺意　15年10月　河出文庫
5　五声のリチェルカーレ　10年1月　創元推理文庫
6　ジークフリートの剣　10年9月　講談社
7　人間の尊厳と八〇〇メートル　13年10月　講談社文庫
11年9月　東京創元社
14年2月　創元推理文庫
8　言霊たちの夜　12年5月　講談社
→言霊たちの反乱　15年8月　講談社文庫
9　美人薄命　13年3月　双葉社
16年4月　双葉文庫　※本書
10　世界で一つだけの殺し方　13年12月　南雲堂
11　テンペスタ　天然がぶり寄り娘と正義の七日間　14年4月　幻冬舎
12　大癋見《おおべしみ》警部の事件簿　14年9月　光文社
13　ミステリー・アリーナ　15年6月　原書房

1は「読者が犯人」という点で話題を呼んでいるようだが、同様の趣向で書かれた作品がこれまでになかった、というわけではない。辻真先の長篇デビュー作『仮題・中学殺人事件』（72年）を筆頭に、長篇作品だけでも七〜八作は思い浮かぶ。そのうちのいくつかの作品については、作中でキャラクターにタイトルを伏せて言及させているから、作者もそれは承知のはずだ。つまり作者は先行作品の存在を踏まえたうえで、こんな手はどうですか、と新しいアイデアを提示しているのである。

推理小説が先人のアイデアに改良を加えて発展してきた歴史を振り返ってみると、深水黎一郎のスタイルは、王道中の王道ということができる。実際、『ウルチモ・トルッコ』では、同じ趣向の作品の中でももっとも納得できるトリックが使用されていた。さらに改稿を経た『最後のトリック』では、残っていたわずかな弱点が払拭されてトリックが補強されているのだ。

先行作品を踏まえるという点では、大癋見警部がミステリのさまざまな約束事を破壊していく連作の12もそうだ。これは明らかに東野圭吾が名探偵・天下一大五郎を起用して密室殺人や時刻表トリックを笑い飛ばしてみせた連作短篇集『名探偵の掟』（96年）への挑戦だろう。深水作品では叙述トリックや見立て殺人が俎上に載せられており、ミステリというジャンルそのものへの考察も、東野作品より深いレベルで行われている。傍若無人な大癋見警部のキャラクターには、ジョイス・ポーターが創造した名探偵（？）ドーヴァー警部が投影されているようにも見える。

究極の一冊ともいうべき作品が、現時点（16年3月現在）での最新作の13だ。これは多重解決ものに挑んだ傑作である。アントニー・バークリー『毒入りチョコレート事件』(29年)のように、ひとつの事件に対して複数の解決が提示される趣向のことだが、途中で提示される「偽の解決」のレベルが低ければ台無しになってしまう。つまり「真の解決」と比べても遜色ない解答をいくつも考えなければならない難しいスタイルなのだ。

国内でも、岡嶋二人『そして扉が閉ざされた』(87年)、貫井徳郎『プリズム』(99年)、霞流一『首断ち六地蔵』(02年)など数えるほどしか作例がない。ことに『プリズム』の完成度が高いので、これを超える作品は、まず出ないだろうと思っていたところに、重量級の13が現れた衝撃。現在、同書は第16回本格ミステリ大賞にノミネートされているが、充分に受賞に値するレベルの作品だと思う。

深水ミステリの特徴としては、人間の先入観を最大限に活用する、というテクニックも見逃せない。第64回日本推理作家協会賞の短編部門を受賞した7の表題作に顕著なように、作者は誰もが疑いを持たない死角のような箇所に的確に罠を仕掛けてくるのだ。

これを「ミステリ作家なら当たり前」というのは簡単だが、先入観が生む死角を発見するには、作者がまず先入観から解き放たれている必要がある訳で、これは容易なことではない。そして深水ミステリを読むと、われわれはいかにふだん、先入観や偏見に捉われて生活しているかということに気づかされるのである。

2~4、6、10は芸術に関わる事件で活躍する探偵・神泉寺瞬一郎の事件簿である。美術やオペラなどへの深い造詣に基づいてストーリーが構築されており、作者の高い教養がうかがえるシリーズだが、必要な知識は手際よく解説されていくので、薀蓄が鼻につくといった箇所はまったくない。誰もが自然に物語に引き込まれ、仕掛けられたどんでん返しに度肝を抜かれることになるはずである。

いずれもハイレベルな連作ではあるが、犯行方法の美しさと壮大さという点で4の『花窗玻璃』をベストに挙げておきたい。筆者が予選委員を務めていた第10回本格ミステリ大賞で強く最終候補に推薦した作品であり、他の委員からも一様に賞賛の声が上がっていたことを付け加えておこう。

12で主役を張った大癋見警部が、元々は芸術探偵シリーズのキャラクターだったり、神泉寺瞬一郎の伯父の海埜警部補が既に1で顔を見せていたりと、作品同士のリンクが緊密なのも深水作品の特徴である。古くは泡坂妻夫、近年では若竹七海、道尾秀介らも採用している趣向だ。もちろん個々の作品のレベルが高くなければ、こんな遊びをしてもたいした意味がない訳だが、深水ミステリは楽々と水準をクリアしているといっていい。

現時点でのベスト作品のひとつに挙げたい6の主人公も、3に登場している人物である。ワーグナーのオペラを下敷きにしたストーリーは、不穏な雰囲気に包まれたサスペンスフルな展開を示すものの、婚約者の死は列車事故によるものとしか思われない。だが、残りページもわずかになってから神泉寺瞬一郎が指摘する「真相」は、これまで見えていたものの意味をまったく反転させてしまうのである。
山田風太郎の『太陽黒点』(63年)は「90%が普通の小説、ラブストーリーで最後にひっくり返す」という趣向の長篇で風太郎ミステリの最高傑作に挙げる人も多い作品だが、『ジークフリートの剣』は、それに勝るとも劣らぬ傑作といえるだろう。
高い教養に裏打ちされたサスペンスフルなストーリーの中に、先行作品への敬意を払いつつ、読者の先入観を利用したトリックを仕掛ける手練れのミステリ作家
これまで述べてきた作品の特徴をまとめると、深水黎一郎という作家はこのように表現することが出来る。そして、その特徴のすべてを兼ね備えた逸品が、本書『美人薄命』なのである。(この作品は「小説推理」二〇一二年六月号から十一月号にかけて連載され、一三年三月に双葉社から単行本として刊行された)
大学生の礒田総司はフィールドワークの一環として独居老人に弁当を配達するボランティアに参加することになる。当初は単位のためにしぶしぶ参加した総司だったが、メンバーの中にかつて憧れていた同級生・沙織の姿を発見し、続けてみようと思うのだった。
総司は老人たちやボランティアのスタッフたちと関わるうちに、彼らが見た目からは想像もつかない一面を持っていることを何度も思い知らされる。片目の不自由な老婆の内海

カエとは特に親しくなるが、常にユーモアを忘れないカエにも、意外な過去と秘密があったのだ……。

各章の冒頭や合間に、戦中戦後を生き抜いてきた内海カエの凄絶な半生が旧仮名遣いで綴られていく。1、2、4などで作中作を効果的に使ってきた作者であるから、本書のこの部分にも、もちろんトリックが仕掛けられているのだが、これを事前に見破るのは、よほど注意深い読者であっても難しいと思われる。しかし、本書が独創的なのは、仕掛けが分かった後で現代パートとどのように結びついてくるか、という点の工夫にある。こういう形で読者の先入観を利用した作品は、寡聞にして思いつかない。

作中で探偵役の人物も指摘するように、「美人薄命」というタイトルでありながら読んでみると老婆の話、というギャップも、各章のタイトルがローマと老婆をかけた駄洒落になっている目次も、すべてが読者に先入観を与えるための作者の計算なのだから恐れ入る。

あるいは『ジークフリートの剣』を先にお読みの方であれば、内海カエが同書の序章において、主人公とその恋人に不思議な予言を授ける占い師として登場していることをご記憶かもしれない。本書でもカエに予知能力があるらしいことは暗示されているが、この設定によって真相が明かされたあとの衝撃、哀しみが大きく増幅されている点も指摘しておきたい。

典型的な「今どきの若者」である礒田総司と、不自由な片目で倹《つま》しく暮らしてきた内海カエ。二人の微笑ましい交流を描いた前半部分は、ほとんどすべて伏線といっても過言ではなく、無駄なエピソードがまったくない。

中盤以降の意外な展開の連続に読者は「えっ」「まさか？」「そんなバカな!?」という叫びをあげ続けることになるだろうが、最後まで読んでみれば、人生にはつらいこともあるが、そんなに捨てたものではない、一日一日を大切に生きていこう、という気持ちになるはずだ。

つまり本書は超絶技巧のミステリであると同時に、まぎれもない青春小説、人間讃歌にもなっているのである。

ミステリ・ファンは言うに及ばず、ジャンルにこだわらずにとにかく面白い作品を探しているという読者にも、この『美人薄命』を強くお勧めしたい。そして深水黎一郎という作家の著作を、ぜひ追いかけてほしい。まだ今なら、あっという間に最新作に追いつくはずだ。そこには、これまで体験したことのなかった至高の読書体験が待っていることを保証します。

本作品は二〇一三年三月、小社より単行本刊行されました。
この物語はフィクションです。

本文イラスト　田畑安紀子

双葉文庫

ふ-26-01

美人薄命《びじんはくめい》

2016年4月17日　第1刷発行

【著者】
深水黎一郎《ふかみれいいちろう》

【発行者】
稲垣潔
【発行所】
株式会社双葉社
〒162-8540 東京都新宿区東五軒町3番28号
［電話］03-5261-4818（営業）　03-5261-4831（編集）
www.futabasha.co.jp
（双葉社の書籍・コミックが買えます）
【印刷所】
大日本印刷株式会社
【製本所】
大日本印刷株式会社
【CTP】
株式会社ビーワークス

【表紙・扉絵】南伸坊
【フォーマット・デザイン】日下潤一
【フォーマットデジタル印字】恒和プロセス

ISBN978-4-575-51881-8 C0193
Printed in Japan